《读者·校园版》精华文丛

/ 成长故事 /

沸腾吧，少年！

《读者·校园版》 编选

新星出版社 NEW STAR PRESS

图书在版编目（CIP）数据

沸腾吧，少年／《读者·校园版》编委会编选．—北京：新星出版社，2015.2
（《读者·校园版》精华文丛）
ISBN 978-7-5133-1730-6

Ⅰ.①沸… Ⅱ.①读… Ⅲ.①散文集－中国－当代 Ⅳ.①I267

中国版本图书馆CIP数据核字（2015）第018028号

沸腾吧，少年！

《读者·校园版》 编选

特约编辑：武继宇
责任编辑：汪　欣
责任印制：韦　舰
封面设计：曹　玲

出版发行：新星出版社
出 版 人：谢　刚
社　　址：北京市西城区车公庄大街丙3号楼　　100044
网　　址：www.newstarpress.com
电　　话：010-88310888
传　　真：010-65270449
法律顾问：北京市大成律师事务所

读者服务：010-88310811　　service@newstarpress.com
邮购地址：北京市西城区车公庄大街丙3号楼　　100044

印　　刷：三河兴达印务有限公司
开　　本：880mm×1230mm　　1/32
印　　张：7
字　　数：80千字
版　　次：2015年2月第一版　2015年2月第一次印刷
书　　号：ISBN 978-7-5133-1730-6
定　　价：30.00元

版权专有，侵权必究；如有质量问题，请与印刷厂联系调换。

编者的话

中学时代，是一个人成长最快的阶段：身体疯长，心智渐开，对未来有着无限的憧憬，对未知世界充满了好奇；敏感而单纯的心，也是最容易受伤的。回头看云淡风轻的事，在当时却是一个很难迈过去的坎。人生的每个阶段都不一样，值得你去一一经历。

中学时代转瞬即逝，若只是轻轻走过，缺少观照，就很难说自己度过了一段美好的时光。阅读应该是对自己最好的观照，是塑造自我的佳径。作为办刊人，我一直在想，能不能有这样一份杂志，陪伴中学生一起成长：它既反映同龄人的所思所为，又记录过来人的成长经历，还能透过它看到丰富多彩的大千世界；它没有腻味的"鸡汤"，只有真实呈现的生活；它不那么功利，也不与考试直接挂钩，但它能启迪成长，开阔视野；它不是板着面孔的无趣的说教者，而是亦庄亦谐、活泼有趣的伙伴。在生命成长的岁月，它与你一期一会，滋养心灵。《读者·校园版》正是基于这样的思考而编辑的。自2012年以全新面貌问世以来，受到读者的青睐。走过三年不平凡的历程，编辑部同仁深感佳作常读常新，特采撷精粹之作分类结集出版，以飨读者。

法国作家罗曼·罗兰说过："从来没有人读书，只有人在书中读自己、发现自己或检查自己。"我们期望这套五卷本精粹，能有助于你更好地认识世界，发现自我，在他人的成长故事中找到自己的人生动力，让笨拙的青春多一点自信和从容。

潘萍（《读者·校园版》执行主编）

目 录

1	我的十八岁,我的高考	黄健翔
6	八岁,一个人去旅行	吴念真
14	我的天才梦	侯文咏
23	寂寞的十七岁	白先勇
28	一个人的侠客行	毛尖
32	十七岁的狂妄牛仔	大卫
35	阅读的回馈	梅莉·麦洛伊　阿丽西娅 译
41	未满十五岁,我被"托运"到美国	田英文
47	只想成为鲁西西	袁洁
51	童年读书	莫言
58	我的清华梦	吴君宏
66	最伟大的预言师	李柏林
72	读王尔德	斯蒂芬·弗雷　孙开元 译
75	谁的青春没有碰上小木块	押沙龙
79	偷来的《神秘岛》	白雪

84	我的武侠年代	张晓玲
92	青春总是突兀的	张婷
97	叛逆少年的成长	刘墉
102	高三,一场青春的"阴谋"	张萍
106	我最好的老师	大卫·欧文 刘天放 译
109	一定要听到笑声	九把刀
114	童心永驻	张玲 编译
119	等爱的狐狸	付洋
124	美的教育	雷婧
128	为什么不听妈妈的话	恩雅
132	我比孙悟空头疼	贾樟柯
137	你不必成为爱因斯坦	张五常
141	记忆里的碎片	郭超群
144	一个人的青春战役	罗光太
149	少年	里则林
155	青春,始于谎言	安一朗
162	请尊重我的馒头	侯焕晨
165	请做一个勇敢、坚强的怪胎	7号同学
169	待续的美好记忆	詹志宏
174	厕所里的书房	陆俊文
179	天是怎样黑下来的	张战

183	**攀比魔咒**	李若辰
189	我曾经是个差生	林特特
194	永远十七岁的高中生活	曾良君
203	玩摇滚的好学生	大鹏
209	可我不想有出息	卢十四

我的十八岁，我的高考

黄健翔

1986年，世界杯足球赛在墨西哥进行，比赛时间在6月初到7月初。

我从1978年第十一届世界杯开始，跟着爷爷和父亲守着一台9寸黑白电视机看阿根廷世界杯，1982年在14寸彩色电视机前看西班牙世界杯，到1986年时，已经是第三次看世界杯了。

可是，世界杯的这一个月，就是高考前最后冲刺的关键时刻，到底是看，还是不看？

父亲在世界杯开幕那天，跟我郑重地谈了一次。他说："知道你很想看世界杯，我也相信看几场球并不会影响你的高考，甚至觉得到这个时候，该下的工夫已经下足，没必要整天想着高考高考，搞得心理压力过大。看看球，调剂一下，说不定会有更好的状态。所以，你可以自己选择看球的时间和场次，合理安排起居时间和学习时间。你已经十八岁，可以为自己负责了。万一你高考不理想，也不要后悔，更不要跟世界杯联系上，大不了重考一次。"

当时，我简直觉得我父亲是世界上最伟大的父亲。

我表示看球绝不会影响高考复习，并和父亲一起选了一些小组赛，等进入淘汰赛阶段再选择自己想看的重要对阵。

1982年的世界杯使我成为巴西队的拥趸，我甚至认为意大利队的快速反击式打法像个小偷。那场世界杯历史上最经典的3:2的复赛，保罗·罗西的帽子戏法令我至今耿耿于怀。

1/4决赛，我崇拜的普拉蒂尼带领的法国队通过点球大战淘汰了我喜爱的巴西队，两队联袂奉献了世界杯历史上最具观赏价值的一场比赛。巴西队在我的眼泪中留下一片模糊的身影，远去了。

另一场1/4决赛中，一个影响我终生的人，用一种震惊世界的方式出现。在他连过五人踢进那个球的时刻，爷爷和父亲完全忘记了邻居们都在凌晨的睡梦中，爆发出我从没听到过的吓人的持续的呼喊，把母亲和妹妹都吵醒了，以为家里闯进了窃贼，发生了激烈搏斗。

马拉多纳，一个终生的偶像，一个类似于信仰和准则的人，就这样在那个夏日的凌晨，远隔万里、素昧平生，却结实地、顽固地、永久地占据了我心灵的一角。

每次熬夜看球后，父亲都帮我撒谎欺骗班主任，说我在家熬夜用功，白天会起得晚一点，早自习就不要强求我准时到校了。我每天到学校后的第一件事就是给球友们绘声绘色地描述比赛，那架势颇有一点说评书的意思。后来回想，这也许是我阴差阳错的"体育解说前传"吧。

7月初，世界杯决赛来了，高考随后就到。

7月5日，高三年级考前动员。三百多名学生和几十名老师集合在学校最大的阶梯教室里，黑压压一片。大黑板上，大号的红色楷体粉笔字写着："一颗红心，两手准备！"气氛之肃杀，令人想起"风萧萧兮易水寒，壮士一去兮不复还"的诗句。

就在教导主任讲话结束、校长的"战前"动员开始时，一个男生出现在门口。他迟到了，有点不好意思，却又无处躲藏，只能硬着头皮走进去。

所有人的目光都投向他，现场鸦雀无声，静得连每个人的呼吸声都可以听到。

这个男生分明感觉到各种轻重火力在自己脸上来回扫射，几乎要把他吞噬。来自教导主任和年级主任的火力简直就是火焰喷射器喷出的火苗，温度高得可以立即熔化任何金属。估计从1977年恢复高考以来，他们不仅闻所未闻、见所未见，恐怕连想也没想过，会有一名高三学生，以这样的态度面对高考动员这样神圣庄严的时刻。

这个男生快步走到台阶处，迅速向高处的最后一排座位走去。那里有死党们预留给他的位置，他们都在等候他带来的"早间体育新闻"之《世界杯快报》。

借着上台阶的机会，他巧妙地略略低头，躲过四面八方射来的交叉火网。走到最后一排，弟兄们的目光如同接应突围的救援火力一样，一个个满眼的企盼和兴奋。

"快说快说，谁赢了？谁是冠军？"声音小得根本不是听见的，而是从嘴唇动作看出的。

"阿根廷3:2胜，马拉多纳没有进球。比赛很精彩。"男生用最简洁的新闻语言发布了核心要点。一堆凑过来的脑袋迅速恢复正常状态和位置。

多年以后，这个男生干起了体育解说。当年凑过来的那些脑袋都说,这一点也不奇怪,他不干这个,干不好这个,才叫奇怪。后来,这个男生又不干了,那些脑袋又说,他不干了也不奇怪,一定是不快乐了。他就是这样一个人,从小就是这样。

这个男生就是我。那一年,我十八岁。

八岁，一个人去旅行

吴念真

爸爸十五岁的时候就离家，从嘉义故乡跑到九份的矿区谋生。那年头从嘉义到九份光火车就要坐一天，下火车还要走半天。

或许爸爸一直觉得自己很神勇，所以，他认为所有的男孩子都应该这样独立和勇敢，更何况是他自己的儿子，特别是长子。

我八岁那年，他似乎觉得时候到了。

一个星期天的早上，我刚起床刷牙，爸爸忽然出现在我面前，跟我说："今天不用上课，等一下你坐火车去宜兰，到姨婆家，把祖母上次忘在那里的雨伞拿回来！"

我嘴里含着牙刷，什么话也来不及说，他转身就走了。

十分钟后，我就在一家人的哭骂声、左邻右舍的劝阻声和爸爸坚决的眼神中，一个人出发去旅行。

爸爸说我身高还不够，不必买车票，根本用不到钱，所以，我比他当年更神勇，口袋里除了一盒已经用掉一半的万金油之外，什么也没有。爸爸说："如果想睡觉，就拿万金油出来涂一涂，不然睡过了站，会被火车载到太平洋去……"

从我家到火车站必须先走一小时山路。一路上，我很仔细地搜寻记忆，复习着从上车的侯硐到目的地宜兰之间各个车站的顺序：三貂岭、牡丹、顶双溪、贡寮……宜兰，一次又一次。当然，这过程中也有被打断的时候，因为路上只要碰到熟人，人们都会问我："去哪里啊？"

我说："去宜兰！"

他们很自然地看看我身后山路的远处，说："跟谁去啊？"

我假装很平常地说："自己去！"

然后，我就在他们难以置信的表情下，像一只骄傲的小公鸡一样，头也不回地往车站走去。

也许是假日的原因，那班八点五十分开往苏澳的普通车里人很少、很安静。车上，傍着窗口的两溜直通通的绿色座位空荡荡的，空气里则残留着各种蔬菜、水果混合的味道。

乘客大都是小贩，他们一大清早担着农产品到基隆市场去卖，散市之后，带着空担子回宜兰一带。我上车的时候他们几乎都在补觉，有的甚至脱了鞋，大大方方躺在座位上。只有一个老婆婆是醒着的，而且从我一上车就一直看着我，朝我笑。

她好像比我祖母还老，而且又瘦又干。最引人注意的是她那双从宽松的七分裤底下露出来的脚。她的脚又黑又大，像一把扇子，脚上穿着一双好像用汽车轮胎剪成的"凉鞋"，鞋带用的是麻绳，而脚以上的小腿却瘦得几乎只剩下骨头。

她一直看着我，凹瘪的嘴一直不停地嚼着什么，让我有点不自在，也有点害怕起来。于是，我只好转身跪到椅子上，面对车窗假装看风景。可是火车一下子开进了三貂岭和牡丹之间那段超长的隧道，风景不见了，窗户上又反射出那个老婆婆的身影。也许是因为车厢里白白冷冷的灯光，让她的脸显得有点吓人。在轰隆隆的车声中，我忽然听见她出声说："囝仔！"

我回过头去，看见她正向我招手。

刹那间，我真不知道该怎么办。

老婆婆好像察觉到我的犹豫，伸手从空空的菜篓子底拣了两三个小小的、有点熟过了的芭乐说:"来,这些给你吃!"

我只好慢慢走过去,低着头,慢慢地接过芭乐。

不过,就在那一瞬间,我却再也不怕了,因为她身上有着跟祖母一样的味道,那是擦在头发上的苦茶油的幽香。

她把我拉到她身旁坐下,一边说:"这没人要的,你吃。"

一直到我咬下第一口芭乐之后,她才问我:"你一个人要去哪?"

我说:"宜兰。"她似乎一点也不惊奇,笑着说:"这样啊,阿嬷就有伴了!阿嬷要到罗东,你下车的时候刚好可以叫我一声。"然后,她似乎很放心似的,把手上吃剩的半个芭乐放进口袋里,又交代我一声:"要记得叫阿嬷哦!"随即便轻轻地、舒服地靠向椅子,闭起眼睛睡了。

我有任务在身,当然不敢睡,其实,也睡不着。因为我的心中,还有一个重要的期待。

我知道过了三貂岭的隧道,另一个更长的隧道就在石城附近。每当火车穿过这个隧道,天地仿佛就开阔明亮起来,无边的海洋会一下子蹦出来,出现在车窗外。于是我将会看到湛蓝的、起伏不停的海,看到船,看到远远的一个小岛,看到缓缓扇动着翅膀慢慢掠过海面的鸟群……对一个山里的孩子来说，这是令人期待的风景，一个始终眷恋的记忆，绝对没有放弃它的理由。

那天，我跪在座椅上，一口一口慢慢嚼着芭乐，一个人同时拥有好几扇毫无阻挡的车窗，满足而感动地重温那样的经验，要多久就多久，没有人会叫我下来坐好。阳光很热、很强，而且刺眼，但我一直面对车窗，拼命装载眼前的风景，开心得真想唱歌。

不知过了多久，忽然，我感觉好像有人慢慢靠近我，最后甚至整个人都重重地倒在我跪着的腿上。低头一看，是老婆婆！她歪倒在椅子上，头靠着我的腿，而全身却正滑向地面。我想拉住她的手臂，想把她往椅子上拖，可是拖不上来。她灰白头发下的脸青白青白的，像夏天晚上常闯进屋子里的一种大蛾，连嘴唇也一样。

我忽然想：她会不会死掉了？因为她的脸几乎是冰的。我想叫她，可是，却不知道怎么称呼她，就在这时，我已经听见自己的声音叫着：

"阿嬷！阿嬷！"

阿嬷没有反应。我用力摇晃她，她还是一动不动。我急得想哭，忽然又想到村子里矿坑出事的时候，总会有人喊："救人啊！救人啊！"然后全村人立刻像被水浇到的蚂蚁群一样冲过来的情形。于是，我深深吸了一口气，有些胆怯地喊道："救人！救人啊！"

这一叫，管用了。一堆人全过来了，问："怎么啦？怎么啦？"

我说："阿嬷好像死掉了！"

众人一阵大乱，我被挤到一旁去，听到人们七嘴八舌地说："在流冷汗呢，可能中暑了！没见过她，谁认识啊？这么老了，还带孙子出来做生意！"我想跟他们说："我不是，我不是她的孙子！"可是一点机会也没有。

有人在帮阿嬷抓痧，用力捏着她的肩膀和背脊。她始终闭着眼睛，被人翻来翻去，像布袋戏偶一样……我忍不住哭了起来，只是背过身去，不敢出声。

人声依然嘈杂，有人问："喂，谁有万金油或是白花油？"

我毫不迟疑地说："我有！"立刻从口袋里掏出万金油，递给从人群里伸出来的一只手。

这时，有一个女人发现我在流泪，说："不要哭，不要哭，阿嬷没事，傻囝仔！"她拉我到阿嬷面前。阿嬷的眼睛睁开了，有人正用我的万金油在帮她擦额头和太阳穴。那女人跟她说：

"阿婆，还好你带孙子出来，不然，你昏死到苏澳还没人知道！孙子这么聪明、孝顺，你很有福气呢！"

我又急着想跟他们说："我不是她的孙子……"但还是没有机会，因为我看到阿嬷笑着频频点头，眼泪却从她的眼角流了下来。

"要照顾好阿嬷哦！回去跟你爸爸妈妈说，阿嬷这么老了，不要让她挑太重的东西、跑太远的路，记得哦！"人们叮咛着，我和阿嬷一样，流着泪，频频点头，静静地看着他们慢慢散去。

在火车规律的摇摆和轰隆声中，海看不见了。

宜兰要到了。

我知道，下一站就是。

阿嬷没说话，一只手里捏着什么，另一只手把我的手拉过去。

我感觉到她塞给我好几个铜板。

"我不要，我妈妈说不能乱拿别人给的钱！"

"你真傻，妈妈问你，你就说是阿嬷给你的，阿嬷不是别人啊！"

后来我拿了阿嬷的钱，始终捏在手里，一直到下车。然后，我站在月台上,看着火车关上了门,离去。最后一眼看见的阿嬷是笑着的。

当我走出火车站,一边向附近的姨婆家走去,一边把手上的铜板放进口袋的时候,才发现,我忘了把爸爸给我的万金油拿回来了!当姨婆惊讶地看到我一个人出现在她家门口,大声小声地骂起爸爸的时候,我却还在想那半盒万金油的事。

回程的火车上虽然没有万金油,但我还是没打瞌睡。

最后,当我拿着雨伞和姨婆送的五斤青蒜回到已经昏暗的村子,远远地看到在路口不知道已经等候多久的祖母的身影时,忽然发现,她的脸怎么变成了火车上那个阿嬷的脸?怎么会?

我急忙跑向她,并且大声地叫着:"阿嬷!阿嬷!……"

2012年第6期

我的天才梦

侯文咏

我仿佛知道杂志里面许诺了一个遥远、陌生却又令人期待的国度,总有一天,我会属于那里。

"被枪毙都有可能"

我很清楚地记得小学毕业典礼那天,大家唱《骊歌》的时候,班上有个女生在哭。我笑她"三八",有什么好哭的,她回头看了我一眼说:"你这个没有感情的人。"

过了几十年以后,我忽然理解了这件事情。更准确地说,与其说我是一个没有感情的人,还不如说我有点无知。我并不知道,大部分的人,经过那一天之后,彼此就不再见面了。

毕业典礼上我拿了镇长颁发的"镇长奖"。下午级任老师还特地来我家里一趟，表示祝贺。爸爸妈妈摆开茶点，无限欢迎，大聊关于我的前途这类的议题。

"这个小孩子将来大好大坏，要么前途无量，要么被枪毙都有可能。"老师意味深长地表示。

我已经不记得我为什么会前途无量的理由了。我可能被枪毙的理由有好几个，其中我记得住的一个是："他会写文章。"

我们是不是白白挨打了？

我从一个长着一头黑发的可爱小孩，被弄成一个剃三分头短发、有点像刚入伍新兵那样的青涩的小孩。

我怎么看都觉得自己变得好丑。爸爸安慰我说："你要上初中了，长大就是这样。"

虽然我勉强靠长大的理由说服自己，可是内心非常抗拒。

那时候，我开始阅读中文世界一些名家的作品。最先是洛夫、郑愁予、杨牧的新诗，随之而来的是徐志摩、朱自清、琦君、司马中原、子敏、张晓风等许多名家的散文。这些阅读的美好经验又带我进入了白先勇、王文兴、欧阳子、七等生、陈映真、黄春明、王祯和甚至是张爱玲这些当代作家的中文小说的世界。

老实说，可能是时代的关系，我看到的当代小说都带着苦涩甚至沉重的气氛，可也正好呼应了忽然加诸我们那个年纪的压力与苦闷。

我记得一进初中，班费里面就有一项是买藤条送给各主要科目的任教老师。藤条本来是农家用来打牛的器具，非常有弹性，打起来特别痛。通常只要打一下，屁股就会出现淤青，一旦打两下以上，鞭痕重叠的部分立刻皮开肉裂。历史书上说到明朝的廷杖打得人鲜血直流，我有些朋友认为文字夸张，怎么可能。我心想，这些在爱的教育之下成长的人真是不知民间疾苦。拜时代之赐，那种场面我在初中时代不但眼见，更是亲身领教过。

不像现在，这种教育方式在当时很少发生纠纷（毕业典礼之后，学生要蒙布袋打老师的不算）。我所就读的是升学率特别高的私立中学，很多望子成龙的父母都抢着把孩子塞进去。如果有父母亲不同意这样的教育哲学，学校很乐意让学生转学离开。有时候，学校的藤条打断了，甚至会有热心的父母亲捐赠新的藤条。

我的左右前后坐满了需要我照顾的同学。考试的时候，我除了要尽快把考卷写完外，还得空出时间，让左邻右舍抄答案。我在现实里过着这样所谓"好学生"的生活，可是我的周遭却充满着这么多荒谬的画面,我一点都不理解为什么这些人变成了这样,而那些人却变成了那样。那时候,我读着小说里面更深沉的世界,写着人的穷、苦、贪、斗,我愈读愈觉得人的世界都是一样的,并不因为是儿童、青少年或成人就有什么不同。虽然我们的生活贫瘠而有限,还极力装出可爱的模样,可是成人或者是小说世界里的苦闷,我几乎都可以在生活里找到呼应。

后来学了统计学,我有一点想追究,所谓的"玉不琢,不成器",到底是真理,或只是不堪细究的某种信仰。不知道有没有人做过研究,所有这些挨了藤条的孩子,到底有几个人如父母所期望的成功了?如果他们成功了,有多少是来自藤条的帮助?藤条帮助一个孩子成功,它的有效率到底多高?是不是在统计学上有显著意义?如果没有,是不是代表我们只是白白挨打了?

我想起班上有一个同学,后来变成了知名的声乐家。他应该算是班上同学的荣耀,这毋庸置疑。问题是,我无论如何都无法把声乐家和印象里中学时代的他联系在一起。我想不起中学时代曾经听过他唱歌,或者感受到任何他可能成为声乐家的特质。

我搜遍记忆，勉强能找出来的，竟只有他挨藤条时，高亢的哀号声而已。

展开我的绝地大反攻

我在家里的顶楼清理出了一个小小的空间，一有空闲，我就泡在那个天地里面写稿，或者是疯疯癫癫地阅读我弄回来的书。

我的母亲偶尔经过我那小小的空间，忍不住就要唠叨："你多花一点时间读正经书吧，不要老是看那些闲书。"

《家变》的作者王文兴曾写过《背海的人》这本小说。小说的第一页，就写了满满一整页脏话和"三字经"。这本书刚出版的时候，我兴致勃勃地买回家看，正好被爸爸看见了。为了了解我在看什么书，爸爸以《背海的人》为样本，研究了半天。他皱着眉头问我："你整天躲在这里，读着这样的书，你觉得好吗？"

父亲是个很温和的人。所以当他问"你觉得好吗"时，其实意思摆明这是"最后通牒"了。无可奈何，我搬回了楼下洁净明亮、只有教科书和参考书的书房，规规矩矩地做功课，过正常的生活。

过了一个月,我终于受不了了。我决定先从妈妈开始,展开我的"绝地大反攻"。

"你们对我最大的期望是照着你们的规定活着吗?"

"我们以前小时候,哪像你们这么幸福,有机会好好读书……(哇啦哇啦,叽里咕噜,中间省略)总之,我和你爸爸是为你好,希望你好好地读书,考好成绩,进好学校,将来进入社会做个有用的人……"

"所以,你们最希望就是看到我好好读书,考到好成绩啰?"

"当然。哪个父母亲不是这样希望的?"

"如果我每次都考前三名,达到你们的期望,你们可不可以也满足我的希望?"

"你有什么希望?"

"我希望你们不要干涉我的作息,让我自己决定。"

"好,"妈妈显然思考了一下,"如果你能考好成绩,表示你对自己负责。可是万一你说得到做不到……"

"我就依照你们开出来的作息表生活,绝无怨言。"

我花了一点心血研究,怎么样用最少的时间得到最好的成绩,并且开始实行我研究后得到的心得。下一次段考,我很意外地拿到全校最高分。我的父母亲也吓了一跳。大家都觉得那是一个很好的约定。

于是我们让约定一直持续下去。

我一个人孤零零地翻杂志

我变本加厉地爱啃书。站着啃书、坐着啃书、躺着啃书、歪斜着啃书。很快,小镇里那几个书店里的书被我啃得差不多了,于是我开始啃杂志。我不晓得从什么渠道拿到了订阅杂志的划拨单,突发奇想,以学英文为借口,号召同学集资,分别订阅了一些我觉得很炫的电影和摇滚杂志。

书寄来了,虽然里面的确写了不少英文字,可是更多的是怪异的图片,像是爱化装作怪的 Queen 合唱团、戴个大眼镜的 Elton John、粉墨登场的费里尼,还有斯坦利·库布里克的什么《奇爱博士》《发条橙》……

我生长的背景是 20 世纪 70 年代台湾南部的一个小镇。对于我那些还在学着"This is a book. Is this a book?"这种英文基本句型的同学,我订阅来的杂志不但不符需求,且内容前卫,里面的图片所夹带的颠覆或者是叛逆的意味,实在令人感到某种潜在的不安,更别说是同学们的父母亲了。

大家纷纷吵着要退资。无可奈何，我只好赔钱了事。我已经忘了是怎么弄到钱摆平那些债务的了，不过杂志无论如何是没办法退订了。接着的一年，那些已经订阅的杂志按时寄来家里，我变成了唯一的阅读者。

每个月我翻的那些新杂志，告示着美国、英国最新的排行榜，或者是影展、名导演的新作或新消息。老实说，我一个名字都不认识，更没有机会看过、听过杂志里面提到的任何一首歌，或者是任何一部电影。可是一期一期翻着，我可以猜想，那些不断被提起、重复或者是被崇拜着的名字，一定是很重要的人或作品。

我一个人翻着杂志，孤零零地翻着杂志。我看到演唱会挤着成千上万人，那么热闹，可是在这个小小的小镇，没有人在乎。我不知道为什么自己会那样乐此不疲，或者是自信满满地觉得自己跟别人不同。我仿佛知道杂志里面许诺了一个遥远、陌生却又令人期待的国度，总有一天，我会属于那里。

有一次，我经过小镇的唱片行，忽然看到了戴着大眼镜的 Elton John 的海报。我赶紧回家要了零用钱，冲到唱片行买唱片。

好不容易，家里老旧的唱机播唱出了 Elton John 的《再见黄砖路》的歌声以及旋律：

So goodbye, goodbye yellow brick road……

听着听着，我的心中忽然有一种不知所措的感觉。

我认得这首歌的样子一直只是杂志上的歌词。我随着自己的心情，为这些歌词编造不同的旋律，任意哼哼唱唱。我以为那就是故事的全部了，从来没有想过，有一天，它竟然真真实实地在我的面前被播唱了出来。

而且，它和我曾编造过的千百种我以为应该是那样的旋律完全不同。

2012 年第 6 期

寂寞的十七岁

白先勇

我记得上高一的前一晚，爸爸把我叫到他的房里。我晓得他又要有一番大道理了，每次开学的头一天，他总要说一顿的。我听妈妈说，我生下来时，有一个算命的瞎子讲，我的八字和爸爸犯了冲。我顶信他的话，我从小就和爸爸没有处好过。天地良心，我从来没有故意和爸爸作对，可是那是命中注定了的，改不了。有一次，爸爸问我们将来想做什么。大哥讲要当陆军总司令，二哥讲要当大博士，我不晓得要当什么才好，我说什么也不想当，爸爸黑了脸。他是白手起家的，小时候没钱读书，冬天看书脚生冻疮，奶奶用炭灰替他焐脚。所以他最恨读不成书的人，可是我偏偏又不是一块读书的材料，从小爸爸就认为我没有出息，我想大概有点道理。

我站在爸爸的写字台前,爸爸叫我端把椅子坐下。他开头什么话都不说,先把大哥和二哥的成绩单递给我。大哥在陆军军官学校考第一,保送美国西点军校,二哥在哥伦比亚大学读化学硕士。爸爸有收集成绩单的癖好,连小弟在建国中学的月考成绩单他也收起来,放在他的抽屉里。我从来不交成绩单给他,总是他催得不耐烦了,自己到我学校去拿的。大哥和二哥的分数不消说都是好的,我拿了他们的成绩单放在膝盖上,没有打开。爸爸一定要我看,我只得翻开来扫一眼,里面全是A。

"你两个哥哥读书从来没考过五名以外,你小弟每年都考第一,一个爹娘生的,就是你这么不争气。哥哥弟弟留学的留学,念省中的念省中,你念个私立学校还差点儿毕不了业,朋友问起来,我的脸都没地方放……"

爸爸问我为什么这样不行,我说我不知道。爸爸有点不高兴,脸沉了下来。

"不知道?还不是不用功,整天糊里糊涂,心都没放在书本上,怎么念得好?每个月三百块钱请补习老师,不知补到哪里去了。什么都不知道!就是游手好闲,爱偷懒!"

爸爸愈说愈气。天地良心,我真的没有想偷懒。学校里

无题（三） 之一

的功课我都是按时交的,就是考试难得及格。我实在不大会考试,数学题十有八九会做错。爸爸说我低能,我怀疑真的有这么一点。

爸爸说这次我能进南光中学是校长卖给他面子,要不然,我连书都没的读,因此,爸爸要我特别用功。他说高中的功课如何紧如何难,他教我这一科怎么念,那一科该注意些什么。他仔仔细细讲了许多诸如此类的话。平常爸爸没有什么和我聊的,我们难得讲上三分钟的话,可是在功课上头他却耐性特大,不惜重复又重复地叮咛。我相信爸爸的话对我一定很有益,但是白天我去买书、买球鞋、理发、量制服,一天劳累,精神实在不济了。我硬撑着眼皮傻愣愣地瞪着他,直到他要我保证:

"你一定要好好读过高一,不准留级,有这个信心没有?"

我爱说谎,我常常对自己都爱说谎话,只有对爸爸,我却讲老实话。我说我没有这个信心,爸爸顿时气得怔住了,脸色沉得好难看。我并没有存心想气他,我是说实话,我真的没有信心。我在小学六年级留过一次级,在初二又留级一次。爸爸的头筋暴了起来,他没有做声。我说第二天要早起,想去睡觉了,爸爸转过头去没有理我。

我走出爸爸的房门,妈妈马上迎了上来,我晓得她等在房门口听我们说话。爸爸和妈妈从来不一起教训我,总是一个来完另一个再来。

"你爸爸……"

妈妈总是这样,她想说我,总爱加上"你爸爸……",我顶不喜欢这点,如果她要说我什么,我会听的,从小我心中就只有妈妈一个人。那时小弟还没出世,我是爸妈的小儿子,我那时长得好玩,雪白滚圆,妈妈抱着我,亲着我,照了好多照片,我把那些照片当宝贝似的夹在日记本里。每天早上,我钻到妈妈的被窝里,和她一起吃"芙蓉蛋"。她一面喂我,一面听我瞎编故事,我真不懂她那时的耐性竟有那么好,肯笑着听我胡诌,妈妈那时真可爱。

"你爸爸对你怎么说,你可听清楚了吧?"

妈妈冲着我说。我没有理她,走上楼梯回到我自己的房里,妈妈跟了上来。爸爸愈生气愈不说话,妈妈恰巧相反。我进房时,把门顺带关上,妈妈把门用力推开,骂道:

"我和你爸爸要被你气死了,你爸爸说你没出息,一点都不错,只会在我面前耍强,给我看脸色,有什么用呀!猥琐,这么大个人连小弟都不如!你爸爸说……"

"好了，好了，请你明天再讲好不好？"我打断妈妈的话说。我实在疲倦得失去了耐性。妈妈被气哭了，她用袖子去擦眼泪，骂我忤逆不孝。我顶怕妈妈哭，她一哭我就心烦。我从衣柜里找了半天，拿出一块手帕递给她。真的，我觉得我蛮懂得体谅妈妈，可是妈妈不大懂得人家。我坐在床上足足听她训了半个钟头。我不敢插嘴了，我实在怕她哭。

　　妈妈走了以后，我把放在床上的书本、球鞋统统砸到地上，趴到床上蒙起头拼命大喊几声，我的胸口胀极了，快炸裂了一般。

一个人的侠客行

毛 尖

我十五岁,表弟十四岁,我们抱两本新买的《笑傲江湖》,天兵天将似的,飞驰回家。在弄堂口,表弟大着胆子,向美丽的邻家大姐姐吹了声口哨,于是被开心地骂了一声"小阿飞"。

那是我记忆中最快乐的一段时光。我和表弟轮番跟家里申请各种名目的经费——今天支援西部灾区,明天帮助白血病同学,然后偷偷买来《射雕英雄传》,买来《鹿鼎记》,包上封皮,题上"初中语文辅导丛书"。父母一直没发现我们的视力已经直线下降,还有我们的成绩。

等到老师终于找上门了,父母才惊觉我们平时记诵的不是《岳阳楼记》,而是《九阴真经》——"天之道,损有余而补不足，是故虚胜实，不足胜有余……"于是，"王熙凤查抄大观园"似的，"辅导丛书"都被充了公。

不过，事态的发展是令人惊喜的，父母也很快沦为武侠迷，他们更勤奋地来检查我们的书包，寻找"辅导丛书"。有时，为了折磨他们，我们故意把悬念在饭桌上说出来。这样，父母终于妥协了，他们向我们低头，要求看《天龙八部》第四本。

同时，表弟日复一日地醉心于武侠。他花了很多力气，得到一件白色府绸灯笼裤。他穿着这条灯笼裤上学、睡觉，起早贪黑地在院子里扎马步、蹬腿，并且跟电视剧里的霍元甲、陈真一样，嘴里发出"嗨哈嗨哈"的声音，天天把外婆从睡梦中吓醒。那阵子，他暗暗地倾心一个女同学，拐弯抹角地托人送了一套《神雕侠侣》给她。只是那个扎着马尾辫的小姑娘看完书后，又请人还给了他，表弟心灰意冷，从此更全心全意地投身武术研习之中。

他先是想练成一门轻功。他缝了两个沙袋，成天绑在小腿上，睡觉的时候也不解下来。这样过了一个星期，他不无得意地跑来，轻轻一跃，坐在我的窗口，说用不了多久，他就不必从正门出入学校，他就能飞起来了。可如此一个月，他还是飞不过学校的围墙。

不过表弟没气馁，他开始研究黄药师的桃花岛，研究《易经》和奇门遁甲术，但这些显然太难了。第二天，他宣布自己开始写长篇小说了，主人公叫缪展鹏，缪是他自己的姓。最讨厌写作文的他居然用两个星期完成了自己的长篇处女作，他用空心字题写了书名——"萧萧白马行"。小说结尾，他的英雄死了，和英雄一起死的，还有一个扎马尾辫的小姑娘。

平时，他喜欢说英雄应该在年轻的时候死去，像乔峰那样，"视死如归地勇敢"。而就在那年夏天，他自己也勇敢了一回，不会游泳的他，被人激将着下了江。第二天，水上搜救队才找到他，白色的布覆盖着他，他的脚趾头露在外面，显得特别稚嫩。我走过去，跟从前那样，挠了挠他的脚心，这回，他没有躲开。

到现在，漫漫长夜里，我还是经常会去取一本金庸的小说看，那是他从前读过几遍的书。恍惚中，我还是会听见有人敲窗户："小姐姐，我们比武好不好？"做梦似的，我会自己答应自己的声音："好，我凌波微步。"

"降龙十八掌。"

"独孤九剑……"

多么孤独的夜啊！单纯的八十年代已经走远，心头的江湖亦已凋零，像我表弟那样痴迷武侠小说的读者渐渐绝迹，少年时代最灿烂的理想熄灭了。金庸老了，我们大了，是分手的时候了。

不过，或许我倒可以庆幸，表弟选择那个明媚的夏日午后离开，心中一定还有大梦想和大爱，因为那时，他身后的世界还熠熠生辉，有青山翠谷、有侠客、有神。

2012 年第 13 期

十七岁的狂妄牛仔

大 卫

十七岁的我像这个年龄的所有男生一样,天不怕,地不怕,觉得没有自己办不到的事。

每年,我们小镇都会上演一场为期三天的牛仔竞技比赛。为了挑战极限,我决定去试试骑公牛比赛。要知道,我曾在跳跃的马背上待过较长的时间。

但促使我前去的最大动力是女孩子的目光,尤其是漂亮女孩的目光。

我把自己的想法告诉了老爸。他看着我,在沉默了约一分钟后,只见他高深莫测地一笑,说:"好吧,孩子,我知道没什么能阻止你的,就去试试吧,这也是个学习的过程。"

很快就到骑公牛比赛预赛的时间了。

只看了一眼，我就悔得肠子都青了。长这么大，我还从来没看到这么大块头、长相这么凶残的野兽：它的毛像煤炭一样黑，巨大的牛角出于安全考虑已经被去掉了尖头。看样子它有两千磅重。

我深吸了一口气，极不情愿地坐在了这头怪兽的背上。我的两条腿感觉到了公牛传递过来的力量，似乎血管一下子就变粗了。

我已经无法回头。我看了老人一眼，说："好吧，打开……"

拜托，"门"字都还没出口，铁门"哗啦"一下就开了，牛把蹄子一扬，跃入了半空中。

在牛踏上地面的那一刻，我才知道自己身在何地。我是在一个大竞技场里，周围有好几百名观众，而我正在跟一个上吨重的长了角的公牛鏖战。

我要死了！

这想法肯定只出现了几微秒，牛在转体360°以后，突然前蹄支地，后蹄腾空，华丽地玩了个垂直于地面的杂技。

我被甩到了空中，手脚胡乱地扑腾着，就像一只受伤的小鸟。然后，一阵大风袭来，我被迫着陆了。

我奋力调整四肢，想要爬起来。但是公牛就像一列货运火车般驶来,他用自己的钝角将我挑起,抛入空中。我又一次坠地,只是再也没了动弹的力气。谢天谢地,场上负责调动气氛的小丑赶了过来,把牛拉走了,我这才算从牛蹄下得以生还。

两个牛仔把我架到了安全地带。眼看着他们就要把我送出竞技场,我挣扎着站了起来,示意他们放开我。我想要告诉所有的人,我的身板还好,没有牛能在我这里占到便宜。

我举手想挥动自己的帽子,一摸才发现我的帽子不见了!回头一看,我那顶全新的牛仔帽早已被牛蹄践踏得面目全非,与地上的烂泥混在了一起。

我终于还是被牛仔们拖出了场。

我总共在牛背上坚持了两秒钟,得了脑震荡,断了一根肋骨,外加落得一身淤青。

这是我骑牛生涯的结束,也是我狂妄时代的终结。我终于理解了老爸笑容后面的深意,懂得了真正的男子汉不是无所畏惧的莽夫,而是知道自己的软肋在哪里的智者。

那一晚,有个小孩一夜长大。

阅读的回馈

〔美国〕梅莉·麦洛伊　阿丽西娅 译

在我十岁那年,我想拥有一辆十级变速的自行车。当时的我正在蒙大拿州快乐地成长,我父亲就和我做了一个交易:如果我读完十本经典名著,并在读完后写下自己的读书心得,我就可以拥有一辆自行车。我当时是一个很温顺的孩子,根本不具备什么谈判能力,于是,我和父亲一起去了图书馆,并列了一张我要读的书籍清单。

我们选了《简·爱》《汤姆·索亚历险记》《呼啸山庄》《红字》和《石中剑》这几本小说。回到家,我从家里的书架上拿了一本《大白鲸》,但又迅速把它放了回去。然后,我决定将乔治·艾略特写的《织工马南》加进读书清单,因为它非常薄,而且书的封面上有一张小女孩的照片。但那完全是一种误导,我越来越读不下去了，接着我恳求父亲用《小妇人》来取代这本书。

这并不表明我没有读书——我每时每刻都在读，但我是不加选择地读。而我奶奶认为我看了太多的阿奇漫画和崔西·贝尔登的小说，那是关于一个少女侦探的系列小说。当我在奶奶家将《午夜掠夺者之谜》展示给奶奶看时，奶奶对此很不屑，并问我能不能读一些有教育意义的书籍。因此，在这场"读书换自行车"的交易中，我父亲不再是唯一的督促者了。

我奶奶在北达科他州的一个小镇长大，她父亲曾在一家银行任经理。1929年，美国经济大萧条，她父亲所在的银行倒闭了，他找到了另一份工作——在蒙大拿州一个规模很小、资金极其匮乏的大学里做业务经理。为削减开支，他在自己家里建了宿舍供学生们住宿，这样他女儿就可以免费上大学了。在那个动荡的年代，能够接受大学教育对她来说，无疑是非常幸运的，所以她无比珍惜那段时光。我每次去她家，她都会让我拼写"tomorrow"和"committee"这两个单词，还会考我，让我说出"lay"和"lie"的区别。

对于"读书换自行车"的交易，我奶奶认为，它将会引导我阅读更好的书籍，还会教我明白这样一个道理：世界上没有免费的午餐，我要想得到什么，就必须为之付出努力。但我的朋友萨拉，她住在犹他州的父亲给她寄来了一辆崭新的自行车，却并没有要求她为此做什么——它被擦得锃亮，非常漂亮，就放在萨拉家的前院展示着，车把上还装饰着闪闪发光的缨穗。在我看来，那真是一个相当美好的家庭。但我并没有意识到这样一个事实——这辆自行车的代价是一个常年不在萨拉身旁的父亲。

说到阅读这些书籍——自从我收回我的雄心壮志将《大白鲸》放回书架——一切进行得很顺利。而写读书心得对我来说却很难，我一直拖延着，没有完成。我们在密苏拉这个稍大些的城市买了这辆自行车，密苏拉距离我家有两个小时的车程。因为我一直没有写完我的读书心得，所以，这辆自行车就横倚在我家玄关处的墙上，大人们不让我骑它。那辆自行车为品蓝色，有十级变速，我却还不知道怎么用。它比成人骑的自行车要稍小一些，但其他部分完全相同。这是一款男孩骑的自行车，车把和座位之间有一根横梁。因为骑女式自行车类似骑马时侧坐在马鞍上，或者像在体育课上我们做的女式俯卧撑。这些看起来一点儿都不酷。而我在很多方面都已经很不酷了，我可不想在这方面也不酷。

拖到最后，我的继母声称，我应该把读书心得在家人面前展示一下。但是我固执地坚持我的立场——绝不能在家人面前把这些糟糕的读书心得大声念出来，绝不能宣布我已经写完了。我继母的介入还有一点儿自相矛盾之处——就是她给了我第一本崔西·贝尔登的系列小说，她自己也喜欢这本小说，而她又觉得我已经读了太多的书，应该多去户外玩耍。最后家人也认为，把自行车放着不让我骑对我而言实在是一种折磨，于是他们接受了我随便写的读书心得。那辆自行车终于是我的了！

人们问过我，是不是我的家人都觉得我长大后会成为一名作家，我不认为他们那样想过，他们只是希望我的生活中能够与书相伴，做一个阅读者。

人们还问我，是否还记得当年"读书换自行车"交易中所读过的名著，我只记得《呼啸山庄》里面幽灵般的树枝刮擦着窗户的描写。这就好像问我是否还记得我十岁时游过泳的那个泳池里的水波——勃朗特姐妹的文字或许给我带来过一些好处，但对我来说，她们的书就像我早已记不清的梦。

"读书换自行车"交易之后，家里的大人们一定认为在引导我阅读方面他们已经完成义务，或者他们因为别的事转移了注意力，总之没人管我了。于是，我重新捡起了儿童读物：朱迪·布卢姆和马德琳·L.恩格尔写的《纳尼亚传奇》、埃伦·拉斯金的经典作品《威斯汀游戏》；我还看漫画书，并读完了崔西·贝尔登的所有系列侦探小说；我读了《小王子》，还花了好多时间读完了《希腊神话故事》，书里的插图至今在我脑海里栩栩如生。

两三年之后，我不再看青少年读物了，那段时期，这类书都是关于小孩如何希望他们离了婚的父母能够复合的。我开始从父母的书架上拿一些成人小说读——毕竟，我很早就读过《红字》了。

十岁的时候，我并不知道自己将来要做什么，但是这些书和书里的文字在我的头脑中堆积发酵，在潜移默化中引导着我最终成为一名作家。

而在这期间，我还得到了那辆自行车。我们家住在那个小镇边缘一座绵延的小山顶部。我可以骑着那辆自行车去拜访我的任何一个朋友——顺着下坡路俯冲下来，让习习山风轻抚我的面颊，根本不需要踩踏板；夏季来临时，我还可以把泳衣系在胳膊上，骑着车到市里的游泳池去游泳，然后散着湿漉漉的头发骑车回家。因为有低速挡,除了最后一小段路外,骑车上山也不是很困难。我再也不需要大人用车载我一程,再也不需要他们载着我到处逛——整个过程还要在他们密切注视之下,不用再听他们唠叨我该如何去做。我顺利度过了童年时期极其关键的时刻——这时你开始能为自己做决定,并体会自己做决定的感觉。我挣得了我想读什么书就读什么书的自由,以及随时独自骑车飞驰下山的自由和快乐的感觉。

未满十五岁，我被"托运"到美国

田英文

2009年7月，中考结束才一个多月，父母和我商量，让我去美国读高中，然后给我联系了密歇根州的圣玛丽男子高中。一个月搞定签证、入学，我至今难以想象，留学这件事，会以如此快的速度降临到我的头上。

2009年8月17日晨，我还差一天满十五周岁，按规定不能独自乘机……我的手上被套上了一个圆牌子，一路由工作人员"监护"，我被美国西北航空公司"托运"到底特律三角机场。

找不到教室，第一次上课就迟到了

为找上课教室迟到，在国内简直不可思议。从小到大，开学前学校分好班级、教室,然后班主任给你分好座位……班主任是固定的,教室是固定的,座位也是固定的。到了美国,情况完全不同,这里的高中实行学分制,课程分必修课和选修课,因此学生开学后,根据各自的课程计划,走进不同的教室,找到不同的老师。在中国,学生坐在教室里等老师;在美国,是老师等学生。因此,每年开学你总会看到有学生背着书包匆匆找教室的情景,特别是刚来美国读书的外国学生,如果没有学长带领,很难在第一天找到教室。

那天,我七转八转好不容易找到了教室,课已经上了三分之一……

犯难,第一次决定自己要学什么

与国内所有人一张课程表的情况不同,美国高中从九年级开始,必修课和选修课全是自己选择的。说实话,对我们这群刚到美国读高中的小留学生来说,长这么大,突然要自己决定学什么、不学什么,真有点犯难。

没人和你商量,你需要想清楚未来想干什么,然后决定课程计划。在美国,英语人文课是必修课,此外,必须选择一门数学、一门外语、一门科学(例如物理、化学、生物等)。

由于圣玛丽男子高中是教会学校，所以神学也是必修的。我想了想，希望以后学医，所以必修课中选择了生物学和电脑学。此后的十年级、十一年级，我每年制订一份学习计划和目标。

犯罪现场学，匪夷所思的必修课

第一次上课，同学们拿到的讲义是一张布满红点的白纸，那上面是飞溅的血迹。老师要求学生通过血迹的大小、形状、飞溅方向等还原犯罪现场；再配合模拟尸体，观察体温和瞳孔，判断死者是怎么死的、什么凶器致死、死亡时间。据此，写出调查报告，包括你的推理结果和理由。

犯罪现场学理论性的东西很多，有一堆公式要背，比如计算血迹飞溅的公式、人死后几小时不同的生理变化、血迹飞溅程度暗示不同的凶器……

我们每周要看《CSI》这样的美剧，定期还要进行小组实验。有一次，老师用假人和道具，把教室布置成一个凶杀现场，让我们通过提取指纹、毛发、血迹，以及各种有用的材料，判断这是第一犯罪现场还是第二现场，如果是第二现场，第一现场又可能出现在哪里……为了寻找证据，我们需要查找各种材料和书籍。

很多人不解：美国中学为什么要开这门必修课？其实这是一门多学科课程，包括哲学、心理学、生物学、化学、环境学等。我想，学校显然不是要把所有的学生培养成警察，而是为了培养大家的综合素质。

别惹校规，我的中国同学被开除了

正当我逐渐适应了美国高中的生活时，一个消息传到我们中国学生的耳朵里：一个十二年级的中国同学被开除了。学校不但宣布开除他，还让他立即搬出宿舍，理由是，从宣布开除之日起，他已经不是圣玛丽男子高中的学生，没有理由继续住在学校里。这个同学只能马上搬出学校，在校外租住旅馆，以便和家人联系，或回国，或选择其他学校。

学校之所以如此无情，是因为他触犯了校规，在学校抽烟。他第一次抽烟，被老师发现，给予警告；第二次被发现，他不但没有认错，还对老师竖起了中指……老师认为这是侮辱动作，凭这两条，学校开除了他。

记得进校报到时，校方就让我们在一份《圣玛丽学生守则》上签字。在国内上学，有"小学生守则""中学生守则"，它们被贴在教室的墙上，或印在成长记录册的首页。守则对我们而言,并不陌生,不过,像美国这样做成一份正式文件,一入校就让你细读,还要在上面签字,还挺新鲜。

因校方要求我们在签字前必须"认真阅读上述内容",这让我发现这份守则与国内的有些不同。它对衣着、学校和社会的诚实正直、性骚扰和其他非法骚扰、武器、酒精、烟草和药品、出课、逃学、机动车等涉及学习生活的诸多细节做了规定。

与国内原则性的学生守则不同的是,这里的规定极其细致,比如"不能在校园里扔雪球",还罗列了具体处罚措施,比如"任何在学业、功课上的不诚实的行为都被视为严重违规,在程度最轻的情况下,该作业测试会被记0分,在此违规或严重违规,将导致这学期这门课挂科,甚至被开除。偷盗财物等个人不诚信行为,第一次犯就会被开除……"

美国学校的气氛固然是宽松的,老师同学间的关系也随和,但有些东西不容侵犯,校规便是一条。它提醒着我们,你可以享受宽松的环境,但是不能为所欲为,从签字那天起就必须对自己的行为负责。

给同龄人的建议：
参加社团，和美国同学交朋友

许多人问我，小小年纪一个人到国外读书，最难的是什么？心理关。刚到美国，你会有各种不如意，甚至有外国学生来"欺负"你——跟他们熟悉后，你会发现，他们的恶作剧，其实是想亲近你。但起初，你不会这样认为，有人就因为受不了同学"欺负"，中断学业，回国。我感觉，如果身边有五六个中国学生，至少你心理上会有支撑，他们能帮助你度过最初的心理低潮期。

如何和美国同学交朋友？社团是个好平台。美国中学的社团文化浓郁，放学后，同学们就进入各自的社团。

许多社团是体育类的，涉及冰球、橄榄球、篮球等。美国中学的体育文化盛行，放学后健身房永远是最火爆的，大家都在抢器械，拼命锻炼。在美国，身体好，似乎是和学习好同等重要的，这点在申请大学时也有明显体现。所以，参加体育社团，锻炼身体，结交朋友，不失为融入美国校园的好途径。

2012 年第 20 期

只想成为鲁西西

袁洁

二十年前,一个小姑娘偷偷翻看表哥的书,她第一次拿起一本全是字的书,有点吓坏了——之前她看的书全都是有图的。她甚至不知道自己是不是有能力来阅读它,然而她很快被深深吸引住了,一个没头没尾的故事:《五个苹果折腾地球》,在《童话大王》连载的第二篇。

当然,那个姑娘就是我。从此,我成了《童话大王》的忠实粉丝。我拿着杂志跑到楼下的印刷工厂问下班的工人:"第二个字怎么念啊?"我以为他们每天在做排字工作,理应认识所有的字。封底显眼位置印着本杂志唯一撰稿人的名字。那些工人嘻嘻哈哈,才不把小孩儿的问题当回事,他们随便瞧了一眼,就说:"yuanjie,和你的名字一样啊!"我很生气,再也不想理他们了。怎么可能？明明不是一个字嘛！

直到我自己在课堂上学到"渊"这个字，才确认了它的读音——之前我对所有人告诉我的读法都将信将疑。郑渊洁和《童话大王》，是我真正意义上的阅读的起点。认识了鲁西西和皮皮鲁、舒克和贝塔，去魔方大厦、红沙发音乐城，登旗旗号巡洋舰……我才知道，世界上其实有另一种想象，主人公不是王子公主，而是和我一样平凡的小孩儿；故事也不再是除奸除恶成为英雄，而是不断遇见有趣的人和有趣的事。

离经叛道的思想似乎是追逐光怪陆离的故事途中的偶然收获。除了童话中潜移默化传达出的观念外，每一期《童话大王》都有郑渊洁与皮皮鲁或鲁西西或其他什么人或动物的对话录。所谓"对话录"，其实是郑渊洁一人分饰两角，对当时与儿童和教育相关的一些时事进行讨论，颇有柏拉图的遗风。在我看来，这些离经叛道绝非暴力或具有破坏性，反倒是包容且有建设性的，源于开放的心灵和不受禁锢的思维。

想起来，小时候我第一次用零花钱买了一本书：《鲁西西全传》。这是一本写给女孩子的书——后来我还买过《皮皮鲁全传》，把它借给一个我喜欢的男生，可他竟没什么兴趣，于是我就不喜欢他了。

鲁西西不像调皮大王皮皮鲁，她是大人眼中的好孩子，胆子也不够大，但她遇到的好玩的事一点也不比哥哥少，她奋勇保护罐头小人、嘴含龙珠获得游泳冠军、在309暗室探险……她好像时刻对世界敞开胸怀，于是世界也向她敞开。

上世纪九十年代初，有人说我们是祖国建设的接班人，是二十一世纪的主人，人人都在关心我们的"未来"，但几乎没有人在意我们的"现在"。是郑渊洁说，小孩儿也应该被尊重，应该拥有自由、享有平等；是郑渊洁说，大人并非无所不能、永远正确，相反，大人常常不如小孩儿……是郑渊洁让我知道，原来我们在学校被教导的那些并不是天然的真理，在另一种解读下，那些闪闪发光的东西丧失了光环，甚至缺乏逻辑。

如今，我也终于长成一个总在郑渊洁的语境中被批评的"大人"。我喜欢上了很多作家，他们有的比郑渊洁严肃，有的比郑渊洁调皮，但都是好玩的人，也都是深刻的人。我想，一个人最初的阅读经验也许将影响他今后的阅读品位。

费劲地从某个阴暗的角落拉出一个纸箱，我像老朋友一样拍拍上面的尘土。从小学到大学期间购买的所有《童话大王》，一期不落地留在这里。无数次我想找时间将它们全部重新读一遍,却从来都没有时间——小时候总嫌时间过得太慢,从一年级到六年级竟那么漫长,长大后却再也没有这样的奢侈。多么可怜的"大人"!这样的大人,每当最伤心难过的时候,就会想起玻璃城的乐乐乐,希望所有的人都是透明的玻璃人,这样就不会再有欺瞒、误解和伤害。

无论搬多少次家,我都会把这个箱子留着,让它时刻提醒自己必须充满想象力、坚持独立地阅读和生活。郑渊洁曾经反复告诉他的读者,想象力和独立性有多么重要,一个丢失了这两样东西的人有多可悲。

很多年很多年以前,一个孩子用稚嫩的声音庄严地说:"我相信这个世界一定有许多出口,我们走过去,就能到一个完全不同的新世界。"记忆中,小小的她时刻都没有忘过寻找这所谓的通道,她排除万难,无视嘲笑与非议,去许多地方寻找,比如屋顶上、流浪猫的窝里、奶奶的义齿里……我喜欢那个孩子,真心不愿意她变成一个无趣的大人。

看到网上有人说:"小的时候,我觉得那些想成为公主的女生目光都太短浅,我想成为鲁西西。"瞬间,笑得要哭出来了。

2012年第22期

童年读书

莫言

我童年时的确迷恋读书。那时候既没有电影更没有电视，连收音机都没有。只有在每年的春节前后，村子里的人演一些《血海深仇》《三世仇》之类的忆苦戏。在那样的文化环境下，看"闲书"便成为我的最大乐趣。我体能不佳，胆子又小，不愿跟村里的孩子去玩上树下井的游戏，偷空就看"闲书"。父亲反对我看"闲书"，大概是怕我中了书里的流毒，变成个坏人；更怕我因看"闲书"耽误了割草、放羊；我看"闲书"就只能像地下党搞秘密活动一样。后来，我的班主任家访时对我的父母说，其实可以让我适当地看一些"闲书"，形势才略有好转。但我看"闲书"的样子总是不如我背诵课文或是背着草筐、牵着牛羊的样子让我父母看着顺眼。人真是怪，越是不让他看的东西、不让他干的事情，他看起来、干起来越有瘾，所谓偷来的果子吃着香就是这道理吧。我偷看的第一本"闲书"，是绘有许多精美插图的神魔小说《封神演义》，那是班里一个同学的传家宝，轻易不借给别人。我为他家拉了一上午磨才换来看这本书一下午的权利，而且必须在他家磨道里看并由他监督着，仿佛我把书拿出门就会去盗版一样。这本用汗水换来短暂阅读权的书，留给我的印象十分深刻，那骑在老虎背上的申公豹、鼻孔里能射出白光的郑伦、能在地下行走的土行孙、眼里长手手里又长眼的杨任……一辈子也忘不掉啊。所以，前几年在电视上看了连续剧《封神演义》，替古人不平，如此名著竟被糟蹋得不成样子。其实，这种作品是不能弄成影视剧的，非要弄，我想只能弄成动画片，像《大闹天宫》《唐老鸭和米老鼠》那样。

后来我又用各种方式，把周围几个村子里流传的几部经典如《三国演义》《水浒传》《儒林外史》之类，全弄到手看了。那时我的记忆力真好，用飞一样的速度阅读一遍，书中的人名就能记全，主要情节便能复述，描写爱情的警句甚至能成段地背诵。后来又把"文革"前那十几部著名小说读遍了。记得从一个老师手里借到《青春之歌》时已是下午，明明知道如果不去割草喂羊就要饿肚子，但还是挡不住书的诱惑，一头钻到草垛后，一下午就把大厚本的《青春之歌》读完了，身上被蚂蚁、蚊虫咬出许多疙瘩。从草垛后晕头涨脑地钻出来，已是红日西沉。我听到羊在圈里狂叫，饿的。我心里忐忑不安，等待着一顿痛骂或是痛打。但母亲看看我那副样子，宽容地叹息一声，没骂我也没打我，只是让我赶快出去弄点草喂羊。我飞快地蹿出家院，心情好得要命，那时我真感到了幸福。

我的二哥也是个书迷，他比我大五岁，借书的路子比我要广得多，常能借到我借不到的书。但这家伙不允许我看他借来的书。他看书时，我就像被磁铁吸引的铁屑一样，悄悄地溜到他的身后，先是远远地看，脖子伸得长长的，像一只喝水的鹅，看着看着就不由自主地靠近了。他知道我溜到了他的身后，就故意将书页翻得飞快，我一目十行地阅读才能勉强跟上趟。他很快就会烦，合上书，一掌把我推到一边去。但只要他打开书页，很快我就会凑上去。他怕我趁他不在时偷看，总是把书藏到一些稀奇古怪的地方，就像革命样板戏《红灯记》里的地下党员李玉和藏密电码一样。但我比日本宪兵队长鸠山高明得多，我总是能把二哥费尽心机藏起来的书找到,找到后自然又是不顾一切地读,恨不得把书一口吞到肚子里去。有一次他借到一本《破晓记》,藏到猪圈的棚子里。我去找书时,头碰了马蜂窝,"嗡"的一声响,几十只马蜂蜇到脸上,奇痛难挨。但我顾不上痛,抓紧时间阅读,读着读着眼睛就睁不开了,头肿得像柳斗,眼睛肿成了一条缝。我二哥一回来,看到我的模样吓了一跳,但他还是先把书从我手里夺回去,拿到不知什么地方藏了,才回来管教我。他一巴掌差点把我扇到猪圈里,然后说:"活该!"我恼恨与疼痛交加,呜呜地哭起来。他想了一会儿,可能是怕母亲回来骂,便说:"只要你说是自己上厕所时不小心碰了马蜂窝,我就让你把《破晓记》读完。"我非常愉快地同意了。但到了第二天,我的脑袋消了肿,去跟他要书时,他马上就不认账了。我发誓今后借了书也不给他看,但只要我借回了他没读过的书,他就使用暴力抢去先看。有一次,我从同学那里好不容易借到一本《三家巷》,回家后一头钻到堆满麦秸草的牛棚里,正看得入迷,他悄悄地摸进来,一把将书抢走,说:"这书有毒,我先看看,帮你批判批判!"他把我的《三家巷》揣进怀里跑了。我好恼怒!但追又追不上他,追上了也打不过他,只能在牛棚里跳着脚骂他。几天后,他将《三家巷》

扔给我,说:"赶快还了去,这书流氓极了!"我当然不会听他的。

我怀着甜蜜的忧伤读《三家巷》,为书里那些小儿女的纯真爱情痴迷陶醉。当读到区桃在沙面游行被流弹打死时,我趴在麦秸草上低声抽泣起来。我心中那个难过,那种悲痛,难以用语言形容。

读罢《三家巷》不久,我从一个很赏识我的老师那里借到了一本《钢铁是怎样炼成的》。晚上,母亲在灶前忙着做饭,一盏小油灯挂在门框上,被腾腾的烟雾缭绕着。我个头矮,只能站在门槛上就着如豆的灯光看书。我沉浸在书里,头发被灯火烧焦也不知道。保尔和冬妮娅,肮脏的烧锅炉小工与穿着水兵服的林务官的女儿的迷人初恋,实在是让我梦绕魂牵,跟得了相思病差不多。多少年过去了,那些当年活现在我脑海里的情景还历历在目。保尔在水边钓鱼,冬妮娅坐在水边树杈上读书……哎,哎,咬钩了,咬钩了……鱼并没咬钩。冬妮娅为什么要逗这个衣衫褴褛、头发蓬乱、浑身煤灰的穷小子呢?冬妮娅出于一种什么样的心态?保尔发了怒,冬妮娅向保尔道歉。然后保尔继续钓鱼,冬妮娅继续读书。她读的什么书?是托尔斯泰的还是屠格涅夫的?她垂着光滑的小腿在树杈上读书,那条乌黑粗大的发辫,那双湛蓝清澈的眼睛……从冬妮娅向保尔真诚道歉的那一刻起,童年的小门关闭,青春的大门猛然敞开了,一个美丽的、令人遗憾的爱情故事开始了。我想,如果冬妮娅不向保尔道歉呢?如果冬妮娅摆出贵族小姐的架子痛骂穷小子呢?那《钢铁是怎样炼成的》就没有了。一个高贵的人并不因为意识到自己的高贵才是真正的高贵;一个高贵的人能因自己的过失向比自己低贱的人道歉是多么可贵。我与保尔一样,也是在冬妮娅道歉的那一刻爱上了她。说爱还早了点,但起码是心中充满了对她的好感,阶级的壁垒在悄然瓦解。接下来就是保尔和冬妮娅赛跑,因为恋爱忘了烧锅炉。劳动纪律总是与恋爱有矛盾,古今中外都一样。美丽的贵族小姐在前面跑,锅炉小工在后边追……最激动人心的时刻到了:冬妮娅青春焕发的身体有意无意地靠在保尔的胸膛上……看到这里,幸福的热泪从高密东北乡的傻小子眼里流了下来。接下来,保尔剪头发,买衬衣,到冬妮娅家做客……我是三十多年前读的这本书,之后再没翻过,但一切都在眼前,连一个细节都没忘记。我当兵后看过根据这部小说改编的电影,失望得很,电影中的冬妮娅根本不是我想象中的冬妮娅。保尔和冬妮娅最终还是分

无题（三） 之二

道扬镳,成了两条道上跑的车,各奔前程。当年读到这里时,我心里那种滋味难以说清。

读完《钢铁是怎样炼成的》,"文化大革命"就爆发,我童年读书的故事也就完结了。

2012年第23期

我的清华梦

吴君宏

与自己斗争是最困难的斗争,同时战胜自己才是最伟大的胜利。

每次看到"挫折"这个词,我的思绪都不由自主地回到那一年——高考落榜后饱受煎熬、与自己内心的魔鬼抗争的一年,被命运玩弄却不放弃抗争的一年。

一帆风顺的轨迹

在高考前,我的人生历程可谓一帆风顺:从小到大成绩一直名列前茅,顺风顺水地以高分进入重点初中、重点高中,一个接一个地获得各种全国竞赛奖项,长期担任班干部、学校团干部,甚至在足球场上也是叱咤风云。几乎所有的人包括我自己都坚信，如此优秀的我肯定会考上最好的学校——清华大学。在那段单调艰苦得几乎类似苦行僧的高中生活里，这就是支持我继续向前的最大动力。对于我来说，清华就是我奋斗的唯一目标。不是因为它拥有的悠久历史，也不是因为它代表的务实作风，更不是因为它象征的光明前途，而仅仅因为它是中国最好的大学。只有进入了清华，才能证明自己的出类拔萃。

可是在高考前，一件事情打乱了我的思绪。我所在的省重点高中，每年都有一个保送清华大学的名额，我一直以为自己是理所当然的唯一人选，因为保送有个硬指标要求：必须获得两次以上奥林匹克竞赛省一等奖或国家级奖。而整个学校，只有我一个人符合这个条件。就在我信心满满时，却来了个晴天霹雳：保送人选定下来了，不是我。我马上找到决定此事的校领导，得到的却是一些前言不搭后语的官话和无法挽回的结果。我只是看似平静地接受了事实，但是心里非常不是滋味，很多时候都会不由自主地想起，却不敢和家人、好友说起，因为甚至只要他们表达一下遗憾，就会让我的心难以平静。

刻骨铭心的失败

终于到了7月高考的日子。高考结束后,估分填志愿,我毫不犹豫地在第一志愿栏填了清华大学,心里也已经开始盘算未来的大学生活。正当我踌躇满志之际,一个查分电话却打碎了我的美梦——我的高考成绩达到除了清华大学外所有大学的录取线,却就差了那么一点没达到清华大学的分数线。那个电话,将我的美梦击得粉碎。在酷热难耐的7月,我后背却全是冰冷的汗水,因为我的梦想破碎了。那个在亲人、朋友、同学眼中无比优秀的我,却在最重要的一次考试中失败了。我不敢想象他们知道这个消息后会是什么反应,或许有懊恼,或许有失落,或许还会有冷嘲热讽。我的自信几乎到了崩溃的边缘:从小到大一直如此优秀、非清华不读的我,难道真的不够优秀吗?如果我够优秀,为什么那些平时成绩比我差得多的人都能上清华,我却不能上?我现在都不敢轻易回忆那个7月我是怎么过的,把自己锁在房间里不出门,所有电话都不接,和家人一句话也不说。

在我自己都忘却了时间的时候,我爸爸开始做我的思想工作。他提出的问题很简单:你到底想要什么?清华是不可能的了,但是别的大学考虑吗?(我的第二志愿是兰州大学,它的第一志愿没招满，于是我就成了它在广西招收的最高分，并发了张工商管理专业的录取通知书给我）我没有回答，用沉默表明了我的态度：我不愿意。因为在我获得全国化学奥林匹克竞赛奖时，中山大学曾经给过我保送名额，并许诺有几万元的奖学金。虽然因为梦想上清华的原因我没有接受这个名额，但是在我心中已经树立了一个底线，让我妥协的只能是中山大学或是比中山大学更好的学校，即便我要再考一年。在这个问题上，我明白家人是不开心的。毕竟，别人家的孩子都有学上，他们的骄傲却不愿妥协。

去复读前，我爸爸跟我谈了很久，从他小时候说到我小时候，从他离开体制内去创业说到我的高中生涯。我知道了在高考揭榜后，我的奶奶时常以泪洗面；我知道了他因为我的固执，联络了中山大学招生的老师；我知道了我叔叔得知清华大学保送名额给了别人后，曾与市教育局领导沟通过。我爸爸语重心长地说："你要弄懂你是为别人而活还是为自己而活。你所谓的骄傲，在别人眼中不过是炫耀。真正在意你的人，他们关注的只是你过得幸福不幸福。"我似懂非懂，虽然仍然在悲痛中难以自拔，但是心中有了一丝感悟。说完，他掏出一部手机递给了我，我还记得那部手机的型号——西门子 3618，在当年大概要两千多元钱。我爸爸说："这部手机给你了，本来说是上了大学再给你的，但是现在我想也是个合适的时间了。有些人拿手机去炫耀，有些人拿手机来沟通，区别在于人的本心。希望你不要帮我省电话费。"

重新开始的感悟

9月开学后，我以前的同学们都各自上了大学，当初比我成绩差的几个同学都去了清华；年级排名比我低上百名的，甚至也上了中山大学。只有我，重新回到了高中，为梦想再次开始奋斗。虽然事先我已经做好了一定的心理准备，但是在现实面前我再一次被打败了。每次路过学校里的光荣榜，看着那些当初比我成绩差得多的人榜上有名，接受围观者的赞誉，我的心里非常不是滋味；当校团委里认识我的师弟师妹看到我出现在校园里，惊讶地问起"你怎么没去上大学"时，我更是无言以对；进入陌生的班级，跟着原先比我低一届的学生一起上课，即便成绩再好，也无法避免"补习的，成绩当然可以了"的嘲讽。开始的几个月，我的精神压力非常大，不参加任何集体活动，除了睡觉基本都在教室看书，每天晚上都睡不着觉，书也看不进去。因为只要一闭上眼，浮现出来的都是那个查分电话。

某个晚上，当我躺在床上翻来覆去时，接到了一个好朋友的电话。或许是积压在心里的压力太多，我再也无法克制自己，一股脑将我这段时间的遭遇告诉了她。她耐心地倾听，时不时用柔和的语调插几句话，抚慰我狂躁的情绪。两个小时的通话后，我的心情平复了很多，那天晚上睡得非常好。第二天，我第一次带着微笑走进教室时，整个班的人都惊讶了。从那以后，我几乎每晚都会跟她通一个电话，短则半小时，长则两小时。我把我心中的不快向她倾诉，她将她生活里的趣事与我分享。很多人都以为我恋爱了，但是只有我和她知道我们之间关系的微妙。

在心情平复之后，我开始思考自己的未来，我到底想要什么，要如何去做。清华就一定是我的全部吗？出类拔萃就是我生命的终极目标吗？如果不是，我应该怎么做？于是我到图书馆寻找答案，打电话给我父亲、我叔叔，咨询他们的建议。在与我的好朋友通电话时，我们也热烈地探讨这个问题。在那段时间里，我经常一个人在夜深人静时，在学校操场边的榕树下，静静地回忆自己走过的历程，思考人生追求的目标，感悟生命存在的意义。在高中的图书馆里没有那么多深奥的哲学著作，但有几本书给了我莫大的启发，其中一本是《菜根谭》。我印象最深的是两句话："拨开世上尘氛，胸中自无火焰冰兢；消却心中鄙吝，眼前时有月到风来。""昨日之非不可留，留之则根烬复萌，而尘情终累乎理趣；今日之是不可执，执之则渣滓未化，而理趣反转为欲根。"这些哲言慧语让我明白了自己目前心境的来由，更隐隐约约领悟到了自己想要什么。

　　从那以后，我开始慢慢学习、阅读图书馆里那仅有的几本国学著作：《道德经》《论语》《孟子》。虽然读得不透，但是每一次阅读都会有新的理解，每一次理解都会给我的内心带来新的感悟。慢慢地，我明白了，此前对自我的怀疑和感受到的挫折，都是因为我的心已经被物欲蒙蔽而误入歧途，纠结于清华大学这个来自内心对于名利追求的符号。人生的道路取决于自己的内心，大学只不过是人生旅途的驿站而非终点，过于执著只能适得其反，或许真有命运，但是即便无法挑战它，也不需要在它面前低头。所以我们需要不断反省，用无善无恶之心去认知，用认知去指导人生，用行动将人生轨迹和内心认知统一起来。

坚定不移地前行

一年的时光很快过去，又到了高考的日子。在估分填报志愿时，我没有填清华，而是填了上海交通大学。虽然这一次我的分数超过了清华的分数线，但对我来说，挑选人生的驿站，并不在于它的名声大小、实力强弱，而在于它是否适合自己。在这种自如的心态下，我度过了快乐的四年大学时光，在实践中探索适合自己的、自己想要的道路。我继续在团组织担任职务，在大学校团委里，从一个小干事干到团委组织部副部长；我享受了球场上最辉煌的岁月，带领机动学院院队在时隔五年后再次拿到了"希望杯"冠军；我找到了我人生中的另一半，一个了解我、支持我、鼓励我、爱护我的女人；我还拥有了一帮可以彼此信赖、互相理解的朋友，即便远隔千里也不会缺少兄弟们的祝福。

经过补习这一年的煎熬，我经历了巨大的心理落差，克服了心魔、战胜了自我。一颗坚定自如的心，很多人需要到年老时才能获得，而我，很幸运，只是付出了很小的代价，就已经得到了。

2012 年第 24 期

最伟大的预言师

李柏林

小时候我很内向,不敢和陌生人讲话,不敢在人前表现自己。妈妈看着我叹息:"这孩子没有语言表达天赋。"

还好,我的理性思维一直不差。上学以来,我的数学在班里总是最好的,而语文试卷上不尽如人意的分数总是让我很伤心。爸妈有点儿违心地安慰我说:"不必难过,科学家都是数学成绩好的人。"

上初中后,我认为该识的字都已经认识了,于是天天在语文课上看小说。

最让人头疼的事情是,每个星期放假的时候,老师都会给我们布置一篇作文。题目一限定,我就感觉自己像一个戴上镣铐的人,再也无法乱跑了。我学会了投机取巧,每次写作文前都会在书架上翻找，看看有什么文章可以帮我偷梁换柱。

我就这样过完初中三年，敷衍着一篇又一篇作文。

中考时，我与重点高中失之交臂。爸妈对我失望了，我也对自己失望了。暑假，我每天过得都很心虚，躲在家里装乖小孩，看书，权当赎罪。

快开学的时候，爸妈告诉我，给我找了一所普通高中，并且说："去普通高中，以你的这个成绩，老师还是会很重视的。"

我感觉再也抬不起头了。我不敢去找以前的同学玩了，感觉和他们不再是一个档次。他们是重点高中的，而我是普通高中的，他们会看不起我的。我也不敢去见那些差学生，我不想去面对和他们划为同一档次的现实。

开学第一天，班主任把所有人的分数通报了一遍。我惊奇地发现，我的语文成绩在那所学校里居然是全年级第一。我之所以脱颖而出，不是因为我优秀，而是因为这所学校太差劲。

开学一个星期后的一天，一个清秀的男子走进教室。他穿着黄色T恤，白色运动鞋，一副大男孩的模样。他就是我们的语文老师。

第一节课，他告诉我们高中语文需要积累很多课外知识，课内所学的知识是远远不够用的，然后他点了我的名字。我紧张地抬起头，答："到。"他冲我点点头说："不错，我教过的几届学生中，少有中考考这么高分的。"这句话竟把我说得脸红了。这也是自中考后唯一能让我抬起头的一句话。

很快我们迎来了第一次月考。这次我没有那么幸运，虽然这一个月来学习还算努力，可语文成绩还是刚刚及格。我没有感到吃惊，因为我一直是这个样子。

那天，语文老师把试卷放在我手上，我正欲转身离开，他叹了口气，说："明明是班里最有文学天赋的人，却荒废了，可惜啊。"那声音很轻，但是我听得到。

晚上躺在床上，我想起他的那一声叹息就翻来覆去睡不着。第二天语文课他讲解完试卷，轻描淡写地说："语文这东西，是不能用分数来衡量的。"

其实，我根本没有他想象的那样有文学天赋，我害怕他失望，我害怕自己丢人。于是，我把所有的课外时间都拿来补习语文。

第二次月考，我考得很好，语文老师在班里把我大大地表扬了一次，他全然忘了上次他说的，成绩不能体现一个人的语文水平。

后来在一次上课中,他竟然夸下海口,说我是他见过的最有文学天赋的人,如果肯努力,以后我的文章会让所有的人惊叹。他说得那么肯定,像是在说他自己的人生一样。同学中一阵嘈杂,有起哄的,有议论的,我的脸红到了耳根。这时候,教室里有学生说:"老师,她上初中的时候语文都不及格,语文老师从来没有重视过她。"老师笑着说:"就是因为没重视,所以才没把才华显现出来,千里马也要有伯乐去相啊。"

我不想让他的预言落空,我也不要自己成为一个笑话,于是我开始努力,疯狂地努力。

然而,在临近期末的时候,语文老师告诉我们,他下学期将要去别的学校任教了。

下课后他把我叫到办公室说:"你要记住,你是我遇到的所有学生中最有文学天赋的人,切不可因别人的非议误了自己的前途……"

当时我激动得不知道该说什么,只会说:"我会的,您一定不会看错人的。"

后来我遇到了其他的语文老师,他们除了教书,没有试着去发现学生的闪光点。

我的高考成绩不是很理想。报志愿时,老师说:"别选文学,这条路你走不通的。"同学也说:"到了大学,就不用学语数外了,再坚持也毫无意义。"可是,我的内心告诉我,我还要继续沿着这条路走下去。

大学里,我努力地写稿子,并很快有了收获。现在,我只是希望有那么一次,他可以在学校订的杂志上看到我的名字。我只是简单地希望他在目录里认出我,知道我曾经是他的学生,仅此而已。

后来,我加了他的QQ。我说:"老师,您知道吗,现在我发表了好多文章,要不是您,我不会有今天。我以后会更加努力,肯定会更加成功的。"

"我没帮你什么,帮你的是你自己,如果你不努力,谁也不可能成就你。"他说。

"可当时确实是您发现了我的天赋,不是吗?"

"其实,每一个迷茫的孩子都希望能有一个人把他带出困境,他们会不问方向地跟着那个牵引他们的人走。我当时看到你满脸的自卑,我只想解救你。我不是预言师,我也不能肯定你以后在文学上就有发展,当时我只是想给你一个方向。"

也许你会碰到那么一个人，与你走过一场风雨，帮你渡过难关。可是，这样的人不是谁都可以遇到的。那么，我们是不是就要因此把自己困在雨季里呢？有时候，人应该更多地去发现自己，为自己的人生做一次预言，然后为实现预言而努力。

只有自己，才是人生最伟大的预言师。

2013年第3期

读王尔德

〔瑞士〕斯蒂芬·弗雷　孙开元 译

我是在英国诺福克郡乡下长大的,离我家最近的图书馆在二十英里外,每隔一个星期会有一个车载的流动图书馆来乡下,这成了我了解外面世界的一座桥梁。那时我十一岁,一部名叫《不可儿戏》的电影让我记下了一个名字。"你听说过王尔德吗?"当流动图书馆来乡下时,我扯开嗓门问里面的图书管理员,"你有他写的《不可儿戏》这个剧本吗?"

管理员和我找了好半天,还真发现了一本。我拿着书跑回家,在其后的两个星期,我每天都会把《不可儿戏》看个三四遍。我牢牢地把这个剧本记在了心里,时常引用里面的一些长长的佳句,让我的朋友们望尘莫及。王尔德还写过什么书?我又有了好奇心。图书管理员给我找到了一本《王尔德全集》。四个星期过去了，我不情愿地把这本《王尔德全集》还了回去，问管理员还有没有王尔德写的别的书。"《王尔德全集》的意思就是他的作品都在里面了。"管理员回答。"但是他肯定还写过什么别的东西。"我仍坚持道。

管理员上下打量了我一会儿，把一本书递到了我手里："我不知道这本书是不是……你多大了？""十三岁。"我撒谎说。这本书名叫《审判奥斯卡·王尔德》，它改变了我的生活。原先那些书里引人入胜的优美语言不见了，而是描写了一个同性恋者的隐秘生活。我越往后读，心跳得越快，因为我知道自己在分享着王尔德的秘密。开始时我还不敢相信王尔德是个同性恋，但随着看到王尔德的被捕和受审，我不得不承认书里讲的是事实。读完这本书，我有一种心碎感、恐惧感、兴奋感、惊讶感，真是百感交集。两个星期后，那个流动图书馆已经实在没有关于王尔德的书了，于是我去了诺维奇镇的大图书馆。在那座图书馆里，我才知道什么叫学海无涯。从十二岁到十四岁这几年时间里，我读了几百本书，但更重要的是，我对读书这件事不再感到恐惧了。伟大的作家也可以成为我的朋友，他们都有着迷人的魅力和风采，并不是那么令人望而生畏。

几年过后，王尔德的审判和轶事引导我了解了不同类型的爱情，有男人间的爱、男孩的爱和自由的爱。对于一个在 20 世纪 70 年代初长大的男孩来说，走进一座图书馆就意味着我不再孤独。我发现，即使一些最有文学天赋的、最聪明的作家，也和我有着类似的经历。读书的经历也是一个自我教育的过程，而且这种教育不是任何一所学校能给予的。在刚刚十四岁那年，我就知道了同性恋可能会给人带来厄运，并且懂得了很多人生道理，正如奥斯卡·王尔德在送给他的一位崇拜者的照片上写的："生活的秘密在艺术中。"

如果不是当年在乡下去过一个流动图书馆，我绝不会懂得这些。

2013 年第 4 期

谁的青春没有碰上小木块

押沙龙

中国人实在是世界上最擅长考试的。倘若《2012》里的诺亚方舟门票不是卖的，而是考的，我想船里一定会挤满中国人；几十亿洋鬼子则会在洪水里挣扎、呻吟，后悔没有像我们中国人这样，把发明创造的时间都用来做题。

我就曾经非常会做题。

在参加高考的那年，我的做题水平达到了巅峰状态，此后再也没能超越当时的水平。在那个年龄，美国孩子可能忙于打棒球、谈恋爱。我没有。我把全部精力都用在和命题者较劲、揭穿他们的诡计上了。

直截了当的题目谁都会。可是光会做那些题，上大学是不可能的，你会被直接送进智障少年训练基地——那些狡诈的题目，每一道都是一次战斗。对方会留下蛛丝马迹，也会设好骗人的陷阱，这个时候你不光要揣摩这道题目，还要揣摩出题者的心理：他到底想考我什么？陷阱又到底在哪里？

一个表情严肃的老师曾反复告诫我们："选择题拿不定主意的时候，首先排除看上去最正确的答案。"

又一个表情严肃的老师继续补充："然后再排除看上去最荒谬的答案。如果排除了还拿不定主意，选 C。"

我灵活掌握了这些规则，同时又擅长揣摩出题者的心思。发挥好的时候，我能达到惊人的水平。英语阅读理解里的长篇文章，有时候我根本不用看，直接做题，也能做对 80% 以上。

当然，并非所有的难题都是这样。尤其是，我是理科生，必须做大量的物理题和数学题。那些题目里心理战的成分比较少，而是实打实的难——难得相当古怪。

我曾经非常热爱物理学。领我入门的是阿西莫夫的科普书。从那时候起，我就觉得物理学实在是很壮丽。星辰在天空震颤、原子在黑暗里旋转……一切的一切，居然都是可以用规律去描述的。一些简单的公式横亘在宇宙之中，交织成辉煌的乐章。我渴望了解这个乐章。于是，我花了很长时间仔细学了力学、电学，还自学了关于导数和积分的基础知识。

我一直兴致勃勃地琢磨物理学,直到我碰上了小木块。

我做过无数关于小木块的习题。小木块总是被放在一个斜面上,然后克服摩擦力缓缓下滑,根据下滑速度、摩擦系数和下滑距离等要素,可以编出无数道习题。等我把这些习题都搞明白了,这个小木块也开始进化——它居然在背上驮了一个更小的木块!于是,问题变得更复杂了……小木块加上小小木块,撂倒了无数学生。

科学不应该是这样,至少对一个热爱物理的少年来说,不应该是这样……最终,所有的小木块都难不倒我了,我也丧失了对物理学的热爱。我不知道自己得到的多,还是失去的多……在当时,我认为得到的多。

我不是一个人在战斗。在那个炎热的夏天,全国几百万少年和我一样,在和小木块较劲,在和命题者较劲。

其中有一个少年是我的同桌。他很多地方都跟我一样:厌恶物理,厌恶语文,厌恶一切课程,觉得求知是世界上最苦、最累、最无聊的事情;但有一点他和我不一样,他的智商绝不比我低,却怎么也揣摩不出题目背后的诡计。

我们一起复习、一起上考场,又一起拿着标准答案对成绩。我记得很清楚,有一道政治选择题:"宪法多少多少条规定,中华人民共和国公民的住宅不受侵犯……这表明。"

他选择的答案是"公民住宅是受保护的私人财产"。当然错了。答案对到这里的时候,他脸色一沉,颓唐地坐在地上。

当时我还太年轻,不知道怎么安慰他。我只能沉默地站在他面前。

两个少年。一个坐着,一个站着,没有人说话。

2013 年第 5 期

偷来的《神秘岛》

白雪

我偷过一本书——《神秘岛》第二册，凡尔纳著。

小学时每年暑假，我都要去县城的亲戚家住几天。县城太小，从门口的河到阁楼上的酱缸，早已被我鉴定多次，结论是：无聊。四年级暑假，隔壁建起一座六边形的浅黄色三层楼，据说是全县唯一的图书馆。我在这里找到了《神秘岛》。

图书馆只向县城中学的尖子生开放。在老师们的眼里，因为成绩好，我是当之无愧的好学生。但在他们的视线之外，我更愿意上树摘果，跟男生打架，和老爸钓鱼，俗称"野丫头"。

在小城里，"野丫头"这个词代表一种缺陷。大人们觉得，女孩子都应该喜欢洋娃娃，爱穿漂亮衣服，擅长唱歌、跳舞。可是，要是让我拿一件假衣服给个假人儿穿穿脱脱、自言自语玩一下午，真能闷死。我好奇没见过的世界、没尝试过的事情，却总被斥责为"惊世骇俗"。

如果坐着时光机穿梭回去，我能看到那个不"正常"的女孩。她逃离大人的视线四处乱逛，寻找真正有趣的人和事。她在耳朵上、鼻尖上、心中最虔诚的地方，都安装了隐形信号发射器，不断向整个宇宙发出"求理解"的信号，可是整个宇宙空空荡荡，毫无回声。她心里揣着最狂野的冒险梦想，可是自己不敢承认，因为她并不自信。除了写作业和考试，她不知自己还能干什么。

来点小小的冒险吧。白天在县图书馆正门被人拒绝，傍晚我就踩着瓦片翻窗，畅游全馆。图书馆里视野和光线最好的房间被用来补课，挂着"数学一班"和"数学二班"的牌子。大人们总是向孩子推荐外面的世界，小城里最优越的条件，都是为了走出小城而准备的。

天黑了，我从图书馆的一间小屋"借"走了几本书。作为一个优秀的"借阅者"，我依次阅览了县图书馆的几十本典藏。《神秘岛》第二册是"续借"次数最多的。这本书好像能发出微弱的"嘟嘟"声，回应着我的信号发射器，带我进入一个小岛——冒险者的天堂。

岛上没有食物，冒险者用狗项圈磨成刀，用豪猪刺做箭头，猎取鸽子、水豚和大松鸡；他们用黏土和水砌成炉子，烧制陶器大锅，用来煮汤；龙血树的木质树根发酵后味道堪比啤酒，枫树蒸馏可以出糖；最幸运的是，他们在衣服的口袋夹层里找到了一粒麦子！

我是在岛上知道的：一粒麦子可以长出10株麦穗，平均每一株麦穗可以结80粒麦子，如果这粒麦子播种成功，第一次可以收获800粒麦子，第二次将收获64万粒，第三次是5.12亿粒，第四次是4000多亿粒。

这个存在于十九世纪下半叶的小岛让我大开眼界。在走进神秘岛的时光里，我跟在这些冒险者身边，重新评估了数学的作用，还有未来我也许会学到的地质学、天文学、物理学、工程学、水利学、动植物学……它们简直太迷人了。

在丛林探险的间隙，我常常问他们："你们是不是和我一样，被迫学了很多无聊透顶的知识，然后派上用场？"他们不回答我，忙着采集铁矿石，高温烧铁水，忙着爆破，给山洞开几扇窗，住得越来越舒服。

我也变得忙碌起来，开始重新鉴定事物的趣味性。偶尔不在神秘岛的时候，我会去查看六角楼的地基情况，了解门口河流的走向和汛期，想知道酱缸的烧制和酱油发酵的过程。

别人的眼光好像不那么重要了，我自得其乐，不再假装是一个乖孩子，不再用他们的期望修剪我的天性。我的好奇心不是一种缺陷，而是天生的能力。这种能力让我和其他人不一样，尽管它们暂住在我心里，未来总有一天，它们会在更大的世界里发光。

图书馆没有《神秘岛》第一册和第三册，我也不在乎。我不知道这些冒险者从哪里来，后来怎么样了，但我坚信那些聪明能干的朋友们，不管遇到什么险境，都会活得精彩。而我所要做的就是不断默记生存知识，以防万一——万一未来的世界考验我呢？

因为有了《神秘岛》，我在县城停留到暑假快结束。离开之前，我去还书。咦，窗户打不开了！

我猜，他们一定很在意《神秘岛》的消失。第二年暑假，我带着五十多元"巨款"和《神秘岛》又来到县城。我的计划是从大门进去还书，然后承认错误，交罚款。

计划搁浅。他们没有放过任何一个空房间，曾经被冷落的房间变成了化学补习班，几十本典藏不知流落到何处。夏蝉的叫声让人烦躁不安，我揣着幸存的《神秘岛》站在窗外，看他们机械地填写试卷上的空白，毫不关心这些化学知识能用来干什么，更不在意那精彩绝伦的《神秘岛》被谁偷走了。

因为看太多的课外书，我并没有保持好成绩。高三那年，我也曾去补课，并以让老师目瞪口呆的速度，半年内从年级倒数变成全班第一，走过高考的独木桥。和他们不同的是，我的目标更明确，我要去外面更大、更有趣的世界，学更多好玩的东西，装上更多的发射器，寻找回应。这些年，每当我按照好奇心的指引，像神秘岛上的朋友们那样，勇于开辟新路时，常常有惊喜等在那里。

很多年以后，我在书店买了《神秘岛》精装版（全本），最先补全的是凡尔纳的故事。凡尔纳的父亲一心想让他成为一个成功的律师，但凡尔纳自幼喜欢旅行航海，酷爱科学幻想，第一部作品曾被退稿十六次，后来突然大获成功，成为文学巨匠。他先在自己心里找到了神秘岛，然后将他想象的岛描绘出来，让人们不仅看见，甚至好像能触摸和感受到他在心里想象出的种种细节。

十一岁那年夏天偷了《神秘岛》的那个女孩，深深为失主们惋惜，因为他们弄丢了自己的"神秘岛"。

2013 年第 6 期

我的武侠年代

张晓玲

1

高中的时候,同宿舍的一个女生是我很好的朋友。她说,梁羽生的小说写得太糟糕,最糟糕的是对话。她说了一部什么书的书名,里面有两句对话,一人怒喝:"小子,你别狂!"得到的回答是:"小子,你也别狂!"

然后我们一阵大笑,真心实意地鄙视这种写作。那时有一种怕被人轻看的心理,文科班的学生竟然看不入流的武侠小说。

很多人都知道梁羽生是新派武侠小说的鼻祖,成名在金庸之前,但他从未得到任何官方的肯定。现在我想,可能是他写作的方式太正统老实了。他一心只想建构一个由俊男美女组成的武侠世界,并且把他的武侠世界无限地扩张,老子写完写儿子,儿子写完写孙子,虎父无犬子,名师出高徒,家学渊源,连座上高朋都是上一部书的主角,来头极大。他的书但凡有新人物出场,每每会附加一个括号:与此人相关事迹请见拙著某某、某某某。这种广告效力非凡,我一读到那个括号,便有欲望去找那本书来读。若是那括号中的书是我读过的,会从心底里感到一阵激动的战栗:啊,那本书我读过!

我读武侠小说开始于小学二年级,读的第一本书没有封面,主角叫做什么云(姓什么不记得了),他在积雪底下跟人打架;那里面还有四个人的外号连起来叫做"落花流水"。

三年级的时候我跟堂弟说,他想要轻功有所进展,光靠每天在冬青树苗上跳来跳去是没有用的,还需要辅以上乘内功,正好我找到一本可以修炼内功的秘笈。那本秘笈奇大,有一本杂志那么大,破破烂烂的,上面有一个姓马的道士,让一个叫郭靖的家伙到断崖上去,本来这个家伙是上不去的,修习了内功之后,三步两步就上去了。我们按照那个姓马的道士传授的秘诀进行修炼,一共修习了一个月,包括"五心向天"、"三花聚顶",可惜未能有所成就,附近也没有断崖供我们检验成果。反而冬青树苗蓬勃生长,到最后我们只能仰头看着它长叹。我在堂弟面前也失去了权威性,从此以后他不再向我进贡烤山芋,弄得我郁郁寡欢了很长时间。

到了五年级,我开始看梁羽生的书了。第一本书是五年级读的,叫做《萍踪侠影录》。这本书很好,有封面。不但有封面,前面还有人物绣像,有谢天华、潮音和尚和澹台灭明。张丹枫和云蕾的当然是被以前的无良读者撕掉了。我一翻开书,就感到一阵文学气息扑面而来,有很多字不认识。我觉得它是一部严肃文学作品,于是大摇大摆地在课间看。语文老师走过来,看了看,竟然没有没收。我更加认定它是一部严肃文学,于是为它准备了只有在阅读《野草》和《红楼梦》的时候才会动用的摘抄本。看到好词好句好描写摘录下来,这是我的良好习惯。到现在我仍然会背那首张丹枫思念云蕾的词——

> 掠水惊鸿,寻巢乳燕,云山记得曾相见。
> 可怜踏尽去来枝,寒村漠漠无由面。
> 人隔天河,声疑禁院,云魂漫逐秋魂转。
> 水流花谢不关情,清溪空蕴词人怨。

它和苏东坡、李清照的词一起，留存在我的记忆库中。

2

事实上，我对于梁羽生大部分作品的印象已经很淡了，只记得看梁羽生作品最密集的时间是初中时代。那时寄宿在学校，作息时间相当固定，早上6:30起床，晚上10:30熄灯。我上的是"实验班"，两年必须上完三年的课程，到了高中以后，继续两年上完三年的课程，十六岁考大学，成为"少年大学生"的那种班级。

在那个班级里读书，我时时有一种被人抓住头发往上提的感觉。每一分钟都不能浪费，班主任像防贼一样防着我们看小说。就在那个紧要关口，我"叛逆"了。

那时候的我，用尽浑身解数看小说。首先，请参观我的床铺。枕头底下，是没有的，太容易被发现。书在哪里？在被子的夹层里、在床底下的箱子里、在帐子顶上糊着的那层防灰的报纸里。其次，请参观我的书桌。那种可以开合的书桌，打开盖子一看，里面码得整整齐齐的语文、数学、英语……千万不能翻开。翻开冠冕堂皇的封面，里面是江湖险象波谲云诡、痴男怨女飞檐走壁。最后，请看看我本人。瘦小干瘪的我其实是一个移动书柜。你相信吗?衣服里藏着三本厚小说的我依然干瘪瘦小,健步如飞。书是时时更换的,以应对各种场合的阅读要求。我带着它们进教室、入食堂、上厕所,在校长老师的眼皮底下默默走过。

妈妈一个星期来一次,为我带来美味的小鱼。一听说妈妈到来,我便不回宿舍,在操场边的小树林里坐上一个中午,甚至一个下午。

妈妈会发现我所有用心的珍藏,因为她要为我洗被套,为我更换肮脏的报纸,为我整理箱子。

她不会撕我的书,但是她的眉头会皱起来,整个脸都皱起来,用牙齿缝说:"不争气!"我怕见到这样的表情,所以我不回去。

到了晚上她会离开,因为学校不允许家长过夜。那时候我再回宿舍,会比较安全。

室友们统统会用奇怪的眼神看我。然后,其中一个告诉我,这是我妈妈给我带的菜,这是干净的衣服,这是我妈妈给我的钱。

初一我十二岁,初二我十三岁。我在这样的生活中度过我童年和少年的交界点。

无题（三） 之三

书当然不是用钱买的，太贵了。书都是租的，二十元押金，一毛钱一天。看书的时候要非常小心。若被妈妈看见，最多就是一顿臭骂，要求火速还掉。但是若被老师看见，就是没收。没收之后，二十元押金就没有了。二十元，是多么巨大的一个数字。

可悲的是，我们那个县城里头竟然没有一个图书馆。而学校里的图书馆，也是在我上高二的时候才开始建立的。那时候的我虽然仍喜欢看小说，但已经是一个"有自控力"的大孩子了。

我曾经在一套书被没收后两个月，在班主任的抽屉里发现它们的踪影。我由此知道他也爱看这样的书。可是，那时我没有胆量把那套书再偷回去。

我非常恨我的班主任。我经常坐在他的办公室里写检讨书，写完之后，就把纸团成一团，再展开，放在那儿，然后离开，让他去看这张皱巴巴的纸。我有一个同学在老师没收他的书的时候，和老师拼命争抢，最终保住了自己的书。虽然他为此受到了处分，但他没有损失那二十元钱。我却没有胆量做这样的事情。我经常为了二十元钱饿上半个月的肚子，但在当时的我看来是值得的。在那段日子里，我几乎平均一天看一本书。当然早已不限于武侠，武侠小说家如果碰到我这样的读者，绝对会来不及生产，就算双手双脚同时写也来不及。

一开始，在熄灯之后，我会打着手电在被窝里读书。但这样太费电池了。后来我就到宿舍后面的厕所里读。宿舍外面有巡夜的老师，我依然发挥自己胸腹藏书的本事，装做内急的样子跑入厕所。在那里，我爱看多久的书都可以，因为厕所里的小白炽灯彻夜长明。只有一段时间，学校里开始流行那些发生在厕所里的恐怖故事，比如墙上伸出的长毛的手啦，渗血的墙壁啦，我才中断了半夜在厕所的阅读。

3

这样沉迷于小说，给我带来的严重后果是，期中考数理化的分数刷新该校历史上最低分的纪录：物理6分、化学7分、数学42分。所以我很快被踢出了少年大学班的行列，被调入了全校最差的垃圾班。

不过上大学之后，我尝到了在中学时代读了那么多书的好处，老师列出了一长串书单，别人叫苦连天挑灯夜读，而我则可以玩儿似的交出骄人的论文。

就在那个年代里，我把梁羽生的武侠小说都看了，高中时代办文学社，还写了一篇散文不像散文、论文不像论文的文章，分析比较了金庸、古龙和梁羽生小说的特点，说梁羽生的作品犹如一位举止优雅的古装女子。

被踢出实验班后，实验班的宿舍不让我住了，我就住在隔壁班的宿舍里。我喜欢同宿舍的那些女孩，她们没有实验班女生的高傲冷漠，也不像实验班的同学忙碌。她们喜欢听故事，而我正好有一肚子的故事可以讲给她们听。夏天的晚上，大家都睡不着觉，等舍监一走，我的午夜书场就开始了。我给她们讲张丹枫和云蕾的故事，讲郭靖和黄蓉的故事，讲花无缺和小鱼儿，讲金世遗和厉胜男，讲紫菱和费云帆，讲我自己给那些故事编的续集或前传。讲到她们统统睡着，我自己仍然汗流浃背、意犹未尽。

初三真是我的黄金时代，功课忽然变得容易了，老师也变得友善，小说仍然在看，并且还交了两个很要好的朋友。一个爱古龙，一个爱倪匡，我爱的金庸和梁羽生她们都不爱。所以我总在想，骨子里头也许我是一个正统和积极向上的人，是偶尔跑偏之后还会回到正道上的人。

2013 年第 7 期

青春总是突兀的

张 婷

如果青春是一场永不停息的蒙蒙细雨,那么,我宁愿来一场倾盆大雨结束它。

高考前一个星期,教室里的同学寥寥无几,我和好朋友坐在靠窗的位置演算着数学题。班主任疑惑地问:"这个时候你们还做数学题?"当时我觉得自己刚抓住数学的灵魂,还有很多需要弥补的东西,只是朝他自信地一笑。

那时我的数学成绩正在突飞猛进,刚尝到甜头。我磨刀霍霍,雄心勃勃,准备大干一场,希望能让它无限趋近150分。初窥门径,激情与梦想让我睡不着,满腔热血舍不得放下数学,内心生猛得真想踹高考几脚。心里没有恐惧和担忧,反倒有一种莫名的兴奋和喜悦。

距离高考还有一天，我和好朋友依旧雷打不动地坐在老位置继续做数学题。班主任皱着眉头在我们身边徘徊着，欲言又止。他突然站到我们面前宣布："把数学题收起来吧，没时间了。"

突兀，只有不合时宜的突兀。这就要结束了吗？像极了小时候正甜蜜地吃着一块糖，一张嘴，糖果却突然掉在地上。我觉得很难过，很怅然，莫名其妙地烦躁和不甘心，真的就这么结束了？我的热血没有地方抛洒，我的青春无处安放。这是高考前最莫名的伤感。

你明白吗？那种感觉，就好像一个临阵逃脱的士兵忽然醒悟，要冲锋陷阵去报效祖国，战死沙场。他要打磨世上最锋利的武器、最坚实的盔甲，做好充分的准备，再留下一封遗书，潇洒地向战场冲去。但是他的激情刚被点燃，刚有置生死于度外的勇气，刚拿起钝刀去打磨，忽然有个人一把抓住他，还没等他辩解就把他扔进了战场。一切都来得这么突兀。他是不是该痛哭一场？好像一切都还没准备好，就被杀了个措手不及。他的心是不是突然没有了着落？满腔的壮志没有地方安放。

班主任走后，我看着还有一半没做的数学卷子，全身被无力感侵袭。好朋友把手搭在我肩膀上,自言自语地说了一句:"真的结束了。"诗人周涛这样形容两棵在夏天喧哗着聊了很久的树:看见对方的黄叶在秋风中飘落,它们沉默了片刻,互相道别说:"明年夏天见。"但我和好朋友的这个夏天呢?是彻底结束了。再也不会有这样的夏天了,再也不会有。

看小津的电影《早安》,剧情就是人们重复着早安、晚安的问候。鸡毛蒜皮、家里长短、茶余饭后,乏味无趣。很纳闷,这简直什么也没讲,为什么要这么无聊?然后一个男子在火车上遇到一个女子,他走到她身边,说:"早安!"说完,他抬头看天,再说:"天气真好啊!"我心中生出一丝丝的温暖,以为剧情一转,精彩马上要开始。但是字幕突然出现,就这样结束了!

一切都莫名地草草收场。前面是大段时间不痛不痒、轻描淡写的叙述,刚进入剧情就戛然而止。突兀,我甚至清楚地看到了漫画版无厘头的自己——表情扭曲,眼神呆滞,滴汗无语。

结局来得总是如此突兀,什么意思也没有。结尾的温暖明明可以再延长,也会有更好的故事。看似无聊的过程算什么?忽然不想再多说一句话,声音卡在声带末端。

很多电影都是如此,总感觉故事都到了结局却好像还没开始。它与生活太相似了,生活是一场渐变,却也充满着突兀。明明还可以多做几道题争取几分的,还可以多做些准备再抛洒热血的,还可以延续温暖再多些情节的……

但是高考、战争、结局都猝不及防地来了。

数学成绩出来,不悲不喜。只是有些遗憾:如果再延长几天多好。高考结束了,但留下的突兀感始终抹不去,以至于觉得生活中的其他事都是那么突兀。就像这个暑假,我向妈妈抱怨:"哎呀,假期真快,刚想好好看书呢,怎么就结束了?"

妈妈不以为然地丢给我一句:"再给你一个月,到最后你还是这样说。"我苦苦寻找的真理,竟然被她无意间一语道破。

就算假期再延长一个月甚至一年,我还是会这样抱怨;就算高考前再给我一个月,我还是会觉得遗憾;就算电影再进行一个小时,人们还是会在无聊的"早安""午安"中重复着这些问候。我不知道这又意味着什么。

即便所有的题都做完了,所有的东西都齐备了,高考来袭,热情却已在等待中耗尽,那样才可怕。无止境地延续,没有突兀,没有起伏,这才是一种悲哀。

那种悲哀如同这首小诗:

> 你身上,不经意间可以看到明天、后天、十年后
> 从脱下的西装上,从吃剩的面包上
> 你的小屋还没有建成
> 小小的梦想,还是小小的梦想
> 在你心中,就那样,笨拙地挂在那里
> 慢慢褪色,慢慢消磨

没有突兀,也就永远没有变化,那是在走向终结。觉得突兀,因为在进取。人都是逼出来的,越是走投无路,越清楚自己要干什么。破釜沉舟,背水一战,要的就是这种突兀,在猝不及防之际,把敌人杀个片甲不留。

突兀带来的是什么?是满腔热血走进考场,是满怀激情冲向战场,是冷酷的结局残留的温暖。

叛逆少年的成长

刘 墉

"你知道我高中时为什么那么叛逆吗？"刘轩对我说，"因为我觉得我长大了，不该什么都听你们的。所以你叫我往左，我就偏往右。我有自己的想法，我该找到自己在哪里！"

"你找到了吗？"我问他。

"还在找。"他头一歪，很不服气地说，"因为你不让我自己去找！"

"你自己要怎么找呢？"

"去流浪。"他大声地说，"你知道吗？我有个同学，是英国的贵族，伊顿公学毕业的。在伊顿公学，平常大家都要穿燕尾服，算是管得够严了吧！可是他去年居然独自到澳洲去牧羊了。我还有两个同学，今年背着背包，自助到印度去旅行了。刚才接到他们的电话,说好不容易活着回来了。他们一到印度,就遇上大雨,街上的积水淹过膝盖,到处漂着人的粪便和小动物的尸体,他们上吐下泻了两个礼拜,居然还跑到一个无人岛上住了几天,过瘾极了!"

"过瘾极了?差点儿送命!"

"当然过瘾,毕竟这是他们自己的旅行,不是跟在父母后面,住大饭店,坐轿车,吃大馆子。他们在寻找自己,他们找到了!"

我怔了一下,笑道:"好!今年暑假交给你自己,你去寻找自我吧!正巧,今年要为台南的德兰启智中心募款,你如果感兴趣,可以自己去参加活动。你不必再跟我一起演讲,完全自己挑大梁!你也不用住在家里,自己去找地方住!"随后我又强调一句:"去不去也由你自己决定,跟我无关!"

6月20日清晨,刘轩搭飞机到达桃园中正机场。我没去接,他自己坐车到台北,中午又上飞机去高雄,在文藻语专演讲。然后赶到台南,跟主办募款活动的水长流公司开会,并搭最后一班飞机回到台北。

大概前一天太累了,他精神不大好,我问他一个人出去应付的感想。

他居然又是一副不太服气的表情说:"奇怪了!大家都叫我刘墉的儿子,为什么我总要活在你的阴影里?我还是没有找到自己!"

我又一笑,拍拍他的肩膀说:"记住!你可能一辈子都摆脱不了别人的阴影,但最重要的是,千万别活在自己的阴影里。"

又隔了两天,他跟我吃中午饭。

"你找到自己了吗?"我问他。

"你一天到晚用 BB 机叫我,我怎么找自己?"他还是那个表情,"你能不能不要一天到晚打听我到哪里去了?我已经二十二岁了!"

我想了想,可不是吗!他马上就大学毕业了,我在他这个年龄,都结婚了。

从那天起,我再也不查他的行踪。后来知道,他在台湾的一个月,居然大部分时间在台南。除了到学校演讲,他还去瑞复益智中心见习,又到德兰启智中心做义工。更令我惊讶的是,当我和他应邀在台南市立文化中心参加座谈会时,他居然带着十几位义工,表演了一场舞蹈。他不但从纽约回到台湾,而且完全融入这个社会,甚至本地话都学会了不少。

最让我高兴的是,他说他已经不再活在我的阴影里,他找到了自己!我将永远不会忘记,7月10日那天,在文化中心座谈时他的结语。

他提到在玉井乡的日子,提到那群有智力缺陷的孩子。当他讲到离开德兰那一天,看着孩子们的交通车开走,孩子们向他挥手时,当着四千多名观众,他居然在台上泣不成声。

而那个跟我总是一毛、两毛斤斤计较零花钱的他,竟把在台湾赚到的七万块钱,都捐给了台南德兰和高雄的观音线。

回到纽约,全家人都觉得他一下子成熟了,变得更有礼貌、更关心家人。父亲节那天,他送我一个颈部按摩器,送给爷爷一副听音乐的耳机。当我们要带他去大冒险乐园玩时,他却要留在家里陪八十岁的奶奶。

更妙的是,他不再跟我"算小钱"。他的心胸变宽了,仿佛天地也宽了。

我突然领悟,要一个年轻人寻找自己,最好的方法就是让他主动地参与社会、关怀别人、贡献自己。因为只有成熟的人才能懂得关怀,只有独立的人才能够做出贡献,人不是在"受"当中成熟,而是在"施"当中成熟,而且给予别人的愈多,愈会去关怀。我们做父母、做师长的,常忘记自己的孩子和学生已经长大，大到不再需要我们的呵护与监督。

他们不再喜欢被我们带着走，而是要自己走。

他们要寻找自己！

2013 年第 13 期

高三，一场青春的"阴谋"

张 萍

在上高三以前，我一直是班上的风云人物。当了两年的一班之长，同学和老师都很认可我；我的学习成绩，尤其是数学成绩总是名列前茅。老师们都对我很有信心，觉得如果不出意外，我考上重点大学是板上钉钉的事情。除此之外，我时不时还会收到不少女生递过来的小纸条。我在同学和老师的不断"吹捧"之下格外得意，走在校园里，我时常吹吹口哨，哼哼流行歌。"我的未来不是梦，我的心跟着希望在动……"我仿佛真的看到心仪的大学在向我招手。

进入高三之后，我们换了班主任，同时又调进了几个新同学，据说这些新同学的学习成绩都不怎么好。

李者学习成绩很差，但是篮球打得非常好，经常会叫一帮队友在自习课时偷偷溜出去打篮球。他来到我们班之后，很快就当上了体育委员。后来他又向新来的班主任提建议，说应该本着"民主"的原则，重新在班上选举班长。当时的我对此并没有太在意，因为我觉得自己此前已经在班上树立起了威信，这次选举不过是走形式，班长之位肯定还是我的。

但那次班会投票的结果让我大跌眼镜：全班四十五个同学，我只得了八票，而李者竟然得了二十八票，当上了班长。这样的结果，令我的自尊心受到了极大的打击。"难道同学们都不服我？那为什么此前我一直没有察觉出来？是我太骄傲自大了吗？"我不停地反问自己，但还是想不出一个所以然来。

竞选班长失利，让我仿若从云间跌落到地上，巨大的落差让我无所适从。然而高考的达摩克利斯之剑悬在头上，我只能拼命压抑自我，埋头苦学。

在这次竞选班长之后，班主任又在全班范围内进行了一次座位大调整，我因为个子较高，被分到最后一排最靠墙的一个位置。那个位置周围坐的都是一些学习成绩比较差的同学，他们经常上课说话、睡觉、看闲书，老师们很少注意到这里，同学们也只有在扔垃圾时才会跑到这边——因为我的座位后边，就是一个大垃圾桶。

　　这次座位调整，就像是压垮我脆弱心灵的最后一根稻草，我的月考成绩开始慢慢下滑。尽管有几位任课老师找我单独谈话，帮我分析原因，让我调整状态，但我的成绩还是越来越糟，无力感和挫败感始终萦绕在心头。

　　流火季节，高考不期而至，我败北了。曾经在老师眼中被视为种子选手的我，却连一所普通的二本学校都没有考上。巨大的羞耻感让我整个暑假都躲在家里，闭门不出。后来，在爸妈的鼓励和老师的建议下，我选择了复读，重新开始了新一轮的高三征程。

　　在复读班里，我遇到了以前的同班同学，他曾经是李者的室友，那次在选举班长的班会上唱票的就是他。他告诉我，当年投票选班长时，李者做了手脚，他说："当时全班有三十张票是投你的。如果他没做手脚，班长的位置肯定还是你的。"

　　听到这些，我怔了很久。我曾经笃定地认为，那次落选班长是我整个高中时代的转折点，它让我从一个自信、勇敢、乐观的人，变成了一个忧郁、多疑、沉默的人。自那以后，我一直在反思自己，束缚自己。没想到，这一切都源于李者，他的一个"小动作"竟然就这样轻而易举地把我击倒了。

第二次高考,我终于如愿以偿地考入一所重点大学。经过了很长一段时间,我才慢慢重拾信心。虽然在以后的漫漫人生路上,我遭遇了比这更严峻、更险恶的打击,但是年少时遭遇的这场"阴谋",却始终印刻在我的心头,因为它告诉我:不管遇到多少风霜雨雪,你都应该拥有一颗强大的内心,能打败你的始终是你自己。

2013 年第 15 期

我最好的老师

〔英国〕大卫·欧文　刘天放 译

怀特森先生教我们六年级的自然课。上课的第一天,他给我们讲了一种适应自然能力极差、夜间出没的叫"卡蒂万波斯"的动物,这种动物在冰河时代就已绝迹了。他边讲边把这种动物的头盖骨传给我们看。我们做了笔记,后来还做了小测验。

试卷发回到我手里时,我惊呆了。我做的每一道题的答案后面都被打了一个红色的大"×",不及格。肯定出了什么错,我把怀特森先生讲的内容原原本本地抄写下来,并记住了呀!后来我了解到,班上每个同学的成绩都不及格,这到底是怎么回事?

"很简单。"怀特森先生解释说,"关于这个动物的所有内容全是我编造出来的，从来没有这种动物。所以，你们记的笔记都是不正确的，答错题还想得分？"

我们都愤愤不平，这叫什么测验？这算什么老师？

怀特森先生说："你们当初就该猜到这是一个骗局。"对啊，就在他把那种动物的头盖骨（其实是一只猫的）给我们看时，他不是一直在提醒我们，没有迹象表明这种动物存在过吗？他曾描述过那种动物令人惊讶的夜视能力、皮毛的颜色，还有许多连他自己都不可能知道的事实。他还给这种动物起了一个滑稽的名字，而我们居然一点疑心都没有。他说我们卷面上的零分成绩都要记到他的记分册里，他还真的这么做了。

怀特森先生说："希望你们能从这次教训中学到些什么——老师和课本不是一贯正确的，事实上，没有不出错的人。"他要我们的脑子别睡大觉，如果我们觉得他说的或教材上讲的是错误的，就该把它们指出来。

怀特森先生上的每堂课对我们来说，都是一个新挑战。至今，我几乎还能从头到尾地背出他上的几堂自然课的内容。有一天，他告诉我们，他的那辆大众牌汽车就是一个活的生物体，于是同学们费了足足两天时间，才使他接受了我们的反驳。直到我们向他证明，我们不但确切地知道生物体的真正含义，而且有勇气坚持真理时，他才罢休。

此后在所有的课堂上，我们都持有这种怀疑主义态度。这么一来，上其他课就惹出了麻烦，其他课的老师不习惯受到这样的质疑，比如历史老师讲课时，下面就有清嗓子的声音，还有人喊那个根本不存在的"卡蒂万波斯"。

如果让我找出解决课堂危机的办法，我会去采纳怀特森先生的教学方法。尽管我没有任何伟大的科学发现，但怀特森先生上的课给我和我的同学们同样重要的发现——应该镇定且勇敢地面对别人，并告诉他们："你们错了。"怀特森先生还说："这样做其乐无穷。"

但是，并非所有的人都能看出这样做的价值所在。我曾对一位小学老师谈起怀特森先生上课的事儿，那位老师听后吓了一跳。"他本不该那样欺骗你们。"他说。于是，我镇定且勇敢地告诉那位小学老师："你错了。"

一定要听到笑声

九把刀

我念小学时就很喜欢乱讲话,惹人注意。上课时我常常不举手就冒出一句话,弄得全班同学哈哈大笑(举手再讲的话,会丧失笑点爆发的时机)。因此,每个礼拜老师都会联系我的家长好几次。

放学回家的途中,我经常会很懊悔,干吗要冒着回家被揍的危险讲笑话给全班同学听呢?为什么老师明明笑了,却还要这样罚我呢?

到了五年级,课程表上突然出现了两堂"说话课"。

说话课当然不是给大家闹哄哄聊天用的,老师会叫同学上台讲自己每周读书的感想,训练同学们对着很多人讲话的勇气。

如果说话课的老师跑去跟其他老师打桌球,就会由班长按照学号点同学上台演讲,此时大家就会讲得很快,例如:"我觉得这本书很好看!""看了这本书,我决定从今以后要努力用功。"然后就面红耳赤地冲下台。

如果老师在教室后面改作业、压场监督的话,大家都得老老实实地上台讲感想,但效果会很差,台下绝大多数的人睡倒一片,那几个醒着的,就是害怕被台上的同学"点"到的人——因为讲完自己读书心得的人,可以指定底下的任何人上台演讲。

有的人专门点好朋友(被点到的人:哎呀,你干吗呢),有的人专门点仇人(被点到的人绝对会一路瞪着点自己的人,愤怒地踏上讲台)。

有一天,我被点到了。

站在讲台上,看着台下昏昏欲睡的同学,我有一种不被重视的屈辱感——那是一种内心强烈的不甘。

虽然老师远远坐在教室后面,但我突然不想说读书的心得了。

反正,又没有人想听。

我不明白,确定是没有人听的东西,为什么还要摆个样子假惺惺地说出来？

于是我开始胡说八道。

我用班上同学的名字做角色，即兴说了一个荒诞不经的搞笑故事。具体的内容忘了九成九，印象里是和同学一起在宇宙间旅行的故事。

台下的同学不只是笑，而且是狂笑；不只是狂笑，而且是不断地狂笑。

用大家的名字当故事角色，也让全班同学很有参与感，不可能有人睡觉，被我说到名字的同学不断地在下面拍桌大叫："放屁！我怎么可能那样！"或为了反驳我干脆一直指着自己，说："等一下换我上去说！换我！"

台下鼓噪不已，而老师似乎一时不知道怎么处理（大概也觉得热闹点不是坏事吧），便放任我继续把故事说下去。

我说完了，故意点了一个被我说成搞笑小丑的好朋友上台，他恼火地接着我刚刚讲的故事结尾讲，试图把自己的形象改成比较正常的样子。但基本上还是一个搞笑的故事，大家照样笑得前仰后合。

从此之后，说话课就变成了搞笑的故事接龙，而我通常都是第一个上去起头的那个人，也尝到了什么叫作"被期待"

的感觉。

直到有一天，我在台上把老师的名字也编进故事里之后（我很怕老师一直没有参与感，坐在教室后面觉得被大家冷落了），才被怒气冲天的老师轰了下来。这期间我一直在即兴地当众编故事，"畏惧人群"这四个字老实说我很不能理解，因为人群不就是用来亲近的吗？

后来上了中学，班会时间大家最喜欢选我当主席，因为我会把握每个机会搞笑，大家也觉得很好玩。不过高中时我就收敛了很多，唉，因为我受骗，迷上了努力用功读书这件事。

阴错阳差，高中毕业后我考进了好学生才能上的交通大学。

不管是上什么课，每次课堂报告，大家最期待的就是我登台。

我除了必要的"取得分数"外，肯定会添油加醋，鬼扯一堆故事，因为我完全无法忍受台下的同学各自在做自己的事，只有老师一个人在假装认真打分数。

记得有一次我上系里的选修课"商业概论"，准备要上台讲 Acer 电脑的行销模式前，班上就有点骚动，有人在桌子底下打手机，叫逃课的同学快点来教室，因为"今天九把刀要做报告"。

十几分钟后,教室里的空位全部被填满了。

老实说,按照惯例我除了讲一些与课程相关的内容,让教授觉得我读过资料,其余搞笑的部分一律不准备,因为准备了就太刻意了,我不喜欢。临场发挥才是幽默的王道。

我不负众望,让大家从头爆笑到尾。

教授很吃惊,因为他从来没看过有那么多人聚精会神地听讲。演讲结束时,全班鼓掌长达半分钟以上。

教授走向我,难以置信地说:"柯景腾,大家都很喜欢听你做报告。"

"唉,还好啦。"

"你可不可以以后每一堂课都上台讲五分钟,然后学期成绩我给你九十五?"

"不……不要。"

童心永驻

张 玲 编译

记得那一天，我那正在上六年级的挚友在牙齿上套了一颗可拆卸的金色义牙牙冠，这样她就能模仿我们当时都非常喜欢的那些饶舌歌手了。我简直不能相信她的爸爸妈妈竟然会给她买这个，而且还让她戴着——她看上去酷毙了，显得特别成熟。而且，我知道她必须进城才能配到那颗牙冠，这更让她散发出一种老于世故的危险气息。而那时的我还在看电视上播放的动画片，给我的玩具娃娃织毛衣。

很快我就注意到，我的这位挚友开始和不同的人出去玩了，不再像以前那样经常在放学后来我家后院踢球。我现在知道，尝试结交新朋友是成长过程中很自然的一部分，但在那时我有一种被抛弃的感觉。因为我的好朋友已准备好要长大,她把我丢在娃娃国里,逐渐离我远去。我觉得自己从某种意义上来说有缺陷:不正常、不成熟,还有些幼稚。

到了九年级,我们班的大部分女生都把芭比娃娃和贴纸书丢在了一边,而高跟鞋和各式各样的化妆品成了她们的新宠,这种变化令我很不安。我还没有准备好走那种"性感"路线呢——我宁愿窝在家里画画或者第一百遍看《外星人E.T.》,也不愿意去参加舞会,或者为了去看那几个反正第二天上学也会看见的帅气男生而特意跑去公园里瞎溜达。当然,关于长大成为少年然后成为成年人,也有很多事令我十分期待——我可以想多晚回家就多晚回家,想什么时候吃冰激凌就什么时候吃,管它是白天还是晚上。但我还是不愿意为此放弃我童年所爱的一切。

那时的我深信,我将来必须放弃童年的这一切。你知道吗,人们总说你要活在当下,珍惜眼前,因为你没法把一切都带进坟墓里。在我眼里,从童年到成年的转变就是这样:你必须放弃所有那些幼稚的玩意儿。这两个人生阶段之间的分界线看起来难以逾越,要跨过这条分界线就只有一条路,而且是一条单行道,一旦跨过去,便无法回头。

在我家,跨过这条分界线就意味着要承担一长串的新责任。作为一个小孩子，我可以靠晚饭后和哥哥一起洗碗挣自己的零花钱，可一旦长成十几岁的大姑娘，我就得负责洗全家人的衣服。如果我想给自己买东西，更多的时候要自己掏钱，这就意味着我得找一份工作，那我就真的没什么时间去织毛衣、涂鸦或是再看一遍《外星人 E.T.》了。

还有一个原因：我长这么大，从未见过身边的大人们有哪一个过得很开心。他们一天到晚都是一副超级严肃的表情，而且看上去很累的样子。当时我以为这是因为他们一整天都在做那些他们似乎不太喜欢的工作，回到家还得做家务、收拾屋子——这些本来就已经够他们受的了。而我当时还没有算上他们为抚养我、照顾我、开车带我去参加数不清的课外活动而花费的那些时间。但不管原因何在，他们给我留下的印象让我认定，成年人的生活很可怕：压力重重、精疲力竭、暗淡无光。

我害怕长大，害怕成为他们那样的人，害怕失去所有那些童年才有的简单的快乐；但我也害怕被甩在后面，错过所有那些只有进入成人世界才能享受到的惬意与自由。面对这样的选择，我进退两难。

这时，"托德时间"走进了我的生活。我那时很喜欢一个名叫托德·奥海姆的设计师,受他的影响,自己动手做衣服成了我终身的爱好(我甚至在大学里选择了时装设计专业,希望自己有朝一日能成为像他那样的设计师)。我第一次看到他,是在上世纪九十年代初看 MTV 电视台"时尚之屋"节目的第一次重播时。该节目中有一个专属于他的环节(就是前面提到的"托德时间"),他会在这个环节中,教大家如何将头发染成樱桃红,或者如何在廉价旧货店里成功淘到宝贝。在我碰巧看到的那期节目里,他正在摆弄一张从跳蚤市场买来的椅子,用一些色彩鲜艳的布料、一把喷胶枪和一些安全别针给它"改头换面"。这一幕让我激动不已。跳蚤市场是我的最爱!旧物改造也是我的最爱!而这个家伙是个大人却在以此为生?!我终于看到一个不讨厌自己的工作并且明显乐在其中的成年人,而且这份工作的内容事实上正好包含了我最喜欢做的那些事,这感觉太棒了!信不信由你,因为这件事我才第一次了解到,原来长大成人并不意味着快乐生活的永久终结。

有了这一惊人的发现之后,我开始更密切关注我身边的那些成年人,我注意到他们并不全是一副为生活所累、为工作所烦扰的模样。他们中有些人,比如我八年级时的美术老师就做着一些似乎非常有趣的工作，而且他们看上去也非常喜欢自己的工作。于是我开始渐渐明白，成长不止一种模式，成长并不意味着要放弃童年时的爱好。事实证明，童年和成年之间实际上并没有一条不可逾越的界线：你可以保留童年生活中滋养和慰藉你的东西，那些让你找回自我、帮助你成为你想要成为的人的东西。

　　一旦我明白了这一点，长大成人看上去便不再那么可怕了。我找了一份工作，买了一辆车，离家去上了大学，中途辍学，然后复学，最后成了一个"真正的成年人"，有了工作、爱人、房子等一切。但是，我从没放弃做我喜欢的事，其中许多"幼稚"的爱好还变成了技能，成为我成年生活中的"无价之宝"——我还在做那些手工活儿，小时候其他孩子在学校舞会挥汗如雨，而我却独自摆弄小玩意儿的经历，教会了我怎样自得其乐，享受独处。这一点很多人至今仍不知该如何做到，我却已经从中获益良多。尽管在过去，我的同学因认为这些癖好太过"幼稚"而常常将其摒弃，但如今在我看来，正是因为这些爱好，我才能够保持时时感受奇妙、情愿为生活中的简单快乐而开颜的那部分自我——那颗童心。

2013 年第 19 期

等爱的狐狸

付 洋

我生长在一个很重男轻女的家庭里。听老妈说，我出生的那天，老爸沿着市里最长的一条街走了三个来回，那可是刚刚过完年的寒冬腊月呀，直到第二天早上老爸才恢复常态，意识到这是一个不可逆转的事实，渐渐地接受了我的存在。我甚至还能清晰地记得，小时候有一次奶奶把仅有的两个苹果都给了弟弟，弟弟偷偷地把一个苹果送给我，并告诉我千万别对别人说，我气愤地将那个苹果又塞回给他时的情景。

由于这种状况，随着年龄的增长，我越来越多地体会到了家庭的不幸福感，所以我变得很怪。例如，晚上不睡觉，学习一定要超过十二点，甚至到凌晨三点；白天什么课都敢睡，因为我成绩好，是班长，总参加演讲，还算个知名人物，没有老师管我。我最愿意听他们说的一句话是:"瞧这孩子累的。"总而言之,把自己拖得越疲劳,我就越有成就感。

初中时的我狂爱三毛和张爱玲,经常捧着她们的书狂笑或流泪。我最恨三毛的婆婆,她简直不是人,于是我立志长大以后不结婚,还和二姨辩论为什么要结婚。我妈很少给我零用钱,所以我经常不吃午饭,积攒每一分钱去买偶像们的书。

初二升初三的暑假,不知怎么的,我突然觉得三毛和张爱玲肤浅了,但也不知道何为深刻,就从图书馆借了一本《秦牧散文》来抄,因为觉得它挺美的。我当时特傻,别的同学都利用那个暑假提前学习初三的课程,我却在家里没日没夜地抄散文。老爸还逢人就说我有多用功,成宿成宿地不睡觉。我同样喜欢来自他的那份夸奖,于是就更加用功地抄。

老爸老妈对我学习的任何东西都不太上心。小学三年级的暑假,我学其他小朋友想上书法课,有一技之长多酷呀!可老妈不同意,"没有钱啦""没人送你啦"一大堆的理由。在我的软磨硬泡下,她终于让我去了。可我刚开始练,她就说"写的字难看""怎么也练不出来"之类的话;当我终于可以写比较成形的大字的时候,辅导班就结束了,我很想放寒假继续学,可老妈先发制人:"你已经写得这么好了,以

无题（三）之四

后自己在家里练就行了,这玩意儿都是师傅领进门,修行在个人。"初三的时候,我们的语文老师对我说她的两个女儿学习有多好,她对她们有多上心,我就嫉妒得要命。如果可以选择,我一定让这个语文老师当我妈。我当时真就是这么想的。

我在家里跟老爸老妈说话时,几乎都是在辩论,否则没话可说。我曾经两年没跟老爸说过一句话,也经常不通知家里就去亲戚家住,让老妈到处找我。我要让人觉得我重要,任何场合都要显得与众不同,没别的,因为我是女孩儿,这个我改变不了;但我是我,别人也改变不了!

高二的一天,我和老妈吵完架之后,摔门就走,那时已是晚上十点多了。这一次,我很聪明,我去了一个她不可能想到的地方——奶奶家。他们谁也想不到我会去那儿,自然找了一夜也没找到我。那时爷爷已经去世了,奶奶面对我这个深夜里来的不速之客,异常惊喜。她问我:"你妈知道你来我这儿吗?"我骗她说知道(那时我们都还没安电话)。她给我炒了鸡蛋,下楼买了香肠(奶奶是小脚,而且住七楼),然后把饭端到我面前。我突然有一种感觉,我爷爷这辈子活得真滋润。于是,我就问他俩的爱情故事。对我来说那是新奇的一夜，对奶奶也是。

由于我和奶奶那一夜谈得开心，又由于老爸老妈得到了应有的"惩罚"，第二天，我高高兴兴地回家了。从那以后，我就有事没事地往奶奶家跑。有一次，我们家吃饺子，我给她送了几个过去，当时她正在楼下和一些老邻居聊天，居然被感动得哭了，而且每次提及此事都会落泪。她开始给我零花钱。奶奶是没有收入的人，靠的是儿女给的生活费，所以她并不富裕。作为长孙的我弟是她心头的一块肉，自然亏待不得，可是她渐渐地开始衡量着也给我零花钱。有一次，她有十元零钱，下了好长时间的决心后，她居然给了我七元，给了我弟三元。

奶奶的身体一直很好，她是在去世前一个月病倒的，那一个月里她只惦记两件事：一个是她还能不能看见我远在四川的大姑，另一个就是我不是她带大的，但我对她那么好，给她送饺子，她觉得这辈子太对不起我了。医生让家人准备后事的时候，她还在嘴里念叨着大姑的名字和付洋给她送饺子。奶奶去世一段时间后，我发现我想她，特别特别地想，不知道为什么。

学生时代，我最后一次不乖发生在上大学的第二天。由于和军训的教官吵了一架,我跑回了家,向老爸老妈宣布:"我不念了,来年重考!"当然我没有退学,而且顺利地走完了大学时代。在一节哲学课上,我突然明白了为什么那么思念奶奶。

我的长辈,他们所受的教育是重男轻女式的教育,他们的幸福观就是让男孩将家族的姓氏传下去,没人教他们怎么爱我,所以他们不会。尽管如此,他们却在努力地尝试着爱我。就像我那么热爱文字,在学生时代也投了那么多次稿,却没有被采用过一次一样。但是老妈从来没有奚落过我,反而说:"是金子早晚都会发光的。"她为我做过一些错误的决定,但这能说明什么呢?她在自己的一生中也有过好几次重大的选择性错误,她只是不会为人生做选择而已。

那天下班前我给老爸打了一个电话,告诉他,马上给我做一个烧茄子,我饿了,回家就吃。鹏修哥愣愣地瞅了我半天,说:"你爸这么听你的话?""嗯呢!"我回答。

美的教育

雷 婧

我用一个下午仔细地想了想多年来父母对我的美的教育,发现这里面出了点问题。

午睡起来觉得鼻头油油的,准备下床扯一张吸油面纸清爽一下。想起我第一次"变坏",就是从一包吸油面纸开始的。

我是这样一个孩子:从小是优等生,机灵、听话、爱学习,同时晚熟。在同龄的女生已经开始选择用短到脚踝的纯色袜子搭配帆布鞋的时候,我还穿着我妈给我买的快到小腿肚的运动长袜。我有个小学同学,初中也和我在一所学校,是个挺风云的女神级别的人物。有一天她眨巴着大眼睛,很好心地对我说:"你别再穿这么长的袜子了,好土。"可是我当年乐天地觉得,土有什么,这恰是我听话的象征。回家后我还把这事给我妈说了，我妈对自己的女儿满是赞赏的表情。我记得那时我还是用炫耀的口气说的。

初中女生的美常与成绩成反比。学校里最好看的那批女生，学习常常不怎么样。她们把好学生用来划分自然段的时间拿去看时尚杂志了，从刘海儿边两条垂下来的头发到帆布鞋两种不同颜色的鞋带绑在一起，让我走在校园里就知道，最近台湾偶像剧里的女主角都是什么样的打扮。

我留着学校规定的最标准的学生头，看着这些漂亮女生结伴走在春风荡漾的校园里，大声嬉笑，与篮球场上帅气的男生一起开着玩笑，心里终于有了些异样。

我开始想让自己变美。

在公交车站旁边有家饰品店。其实也不该叫饰品店，货架上从兔子形的发卡到用来补水的喷雾，都是最新潮的女生用品——可爱的代名词。里面有一件我想了很久的东西。

我不怎么长青春痘，但是南方的夏天还是常常闷热得让我这个十三四岁的女孩满面油光。教室里开始风行一种便捷的吸油面纸。上完体育课，女生们气喘吁吁地坐回自己的位子，从包里掏出一张面纸，轻轻地按压在鼻头，然后清清爽爽地开始下一节课。但是我没有，实在油得不行了，才会向身边的女生借一张。

我反反复复地走进那家饰品店应该不止十次了。每天等10路车时都要走进去，站在放吸油面纸的货架前拿起一包来看。粉红色的包装上印着"清爽，无堵塞，45张"，还有个2.5元的价格标签。我心里有个结，觉得好孩子不该买化妆品。想到这里，我就会放下这包无辜的面纸，转身离开。

但我终于还是走到了收银台前，拿着这包粉红的吸油面纸。回家后，在台灯下小心地抽出一张往脸上贴，看到吸收的油脂让面纸都变色，就觉得心里很满足。虽然这包面纸只是藏在我书包隐秘的小口袋里，虽然它还是时常让我觉得自己变坏了。

我仔细地想怎么会出现这样"非人类"的想法。追溯到一件事。我爸曾因为我不想穿一条老土的加绒运动裤批评过我，他和我妈坐在客厅，郑重其事地说："人的精力有五分，你要是把其中三分都放在外表上，成绩怎么会好？"这话被我深深地信奉，以致到现在还清楚地记得。我从来没质疑过我爸妈对我的美的教育，在一个女生爱美的新芽刚刚萌生的时候。

所以我在很长一段时间里，充当着校园里最乖、最朴素也是最老土的学生,从不敢凑近厕所里的镜子仔细端详自己的面容。

我最终没有变态。因为这种被压制的敏感,随着我初中的结束,被越来越"宽容"的父母慢慢地释放了。

2013年第21期

为什么不听妈妈的话

恩 雅

很多很多年前,我躺在床上,手里抓着一把巧克力或者糖果,用大概十分钟的时间吃完它们,另外还要把糖纸从窗户缝里扔出去,如果被发现,妈妈会拧着我的耳朵尖叫:"去刷牙!"那是一件很残忍的事情,所有的甜蜜都被冰凉无情的牙膏刷去,这让我晚上经常做同样一个梦。在梦里,总是有一把巨大的牙刷在追我,我背着一个很大的包裹,里面是我储备许久的零食,一路狂奔,翻山越岭。遗憾的是我不刷牙这件事妈妈发现的次数不是很多,于是很多很多年以后,我有了六颗蛀牙。

我很忧伤,为什么不听妈妈的话。

很多很多年前,我很迷恋看书,上天入地,武侠漫画,通古今、晓音律，书真是一个好东西。最完美的事情是，在冬天有暖气的房间，抱上一摞书躺在床上看。正面仰着适合看短篇，字字珠玑；侧卧下来是看长篇大部头的，看不下去可以立刻睡着。当然，这几种造型都是妈妈不在家的时候才可以用的。因为这个女人如果发现，一定会过来把我揪起来大叫："眼睛要坏掉！"遗憾的是我隐藏得很好，经常穿戴整齐躺着看书，听见妈妈开门的声音就立刻弹到书桌前。于是很多很多年后，我需要戴博士伦，我讨厌眼镜，那让我看起来有一种狼外婆的亲切感。

我很忧伤，为什么不听妈妈的话。

很多很多年前，我性格外向、热爱生活、不拘小节，也就是说我可以把一只袜子丢在卧室，另一只扔在书房；我可以把书包或者自行车或者外套遗忘在任何一个同学家；我可以一个月丢三次钥匙、五次发圈，而且这些东西会在我全部买新的以后立刻出现。妈妈会在发生上述所有事情的时候说："东西要收拾好，我说了一万次了！"我一边虚心接受，一边寻找我刚丢失的钢笔套——昨晚明明看见它在床底下，懒得去捡，怎么今天就不见了。很多很多年以后，我有了自己的房子，所有来我家参观过的人都说，那屋子看起来像被抢劫过一样。

我很忧伤，为什么不听妈妈的话。

这个问题我只能问自己，我不能问妈妈，那样会让我非常非常没有面子。

妈妈给我说过太多太多的话了。

她说，字要一笔一画地写，我偏要写行书。我说反正以后都是用电脑打字，字写得潦草别人看不懂，还能防止被人偷看日记呢。妈妈不说了。于是我的字就一直不变的难看，幸好后来果然是用电脑打字，不然我肯定在街上卖菜。

她说，不要偏食，要多吃水果蔬菜，我偏偏对食物挑剔到极点。于是后来很长的时间，我没法跟别人在一个桌子上吃饭，我会让所有的人认为食物有毒，没有胃口。后来这点被强行改掉，但是我依旧绝对不吃苹果和梨，真变态。

她说不要早恋，这点我算是认真执行了，这让我能读上大学，并且顺利毕业，至于后来怎样疯狂恋爱是后话。还有一点就是每天洗澡，这个习惯让我显得比较健康可爱而且很少生病。

是的，我们会认为妈妈的很多话都是废话，都是食古不化，她们太啰唆、太麻烦，像唐僧，她们给我们的成长设置这样那样的规矩，让我们的青春透不过气来，她们根本不懂生活，也不懂爱情，她们哪里知道什么是轰轰烈烈。她们甚至没有什么品位，不能接受黑色的指甲油和在鼻子上打洞。她们不允许我们逃课，不给我们多一点零花钱，不让我们看非常非常好看的爱情肥皂剧。

而如今，我们慢慢地成长了，猛然发现，我们因为装酷而抽的烟后来是戒不掉的；我们因为爱美丽而穿迷你裙惹上的风湿是治不好的；我们曾经为了一个看起来是情圣的男人而离家出走，而现在看起来那个人不过是个无聊的爱情骗子。

原来妈妈的话并不都是废话，她也曾经年轻、懵懂和无知，她也曾经莽撞和幼稚，她说那些话只是不希望你因为无知无畏而受到伤害。只不过青春这段弯弯曲曲的路，我们都必须走过，在她琐碎的唠叨中，在她无尽的关怀与爱中。

当我们失落的时候，是谁在电话那边说："宝贝，会好起来的。"

2013年第21期

我比孙悟空头疼

贾樟柯

上初三的时候,我的一个结拜兄弟要去当兵。我送他,他坐在大轿车里一言不发。我想安慰他,便说:"这下好了,你自由了。"听我说完此话,他还是一脸苦相,我便有些烦他。在我的观念里,只要不上学,不做功课,不被老师烦,便是最大的幸福。而能离家远走,不受父母管教,那更是天大的喜事。我由衷地羡慕他,所以不太理解他为何总是沉默不语,并且低着头不拿眼睛看我们。车快开的时候,我实在不想再看他的那一脸苦相,便说:"你是不是怕我们看你远走高飞,心里不平衡,所以假装不高兴来安慰我们?"

我那兄弟抬起头来,缓缓地说:"自由?老子是去服兵役!"

我随口答道:"看你的苦相,倒像是去服劳役。"

我那兄弟不紧不慢地答道:"兵役,劳役,还不都是服役!"

我一下无话可说,他的话让我非常吃惊。我这兄弟平时连评书都不爱听,就关心自己养的那几只兔子,这要去当兵了,话从他嘴里说出来也变了样。他的话如一道闪电,照亮了我的世界。那时候,我还是个少年,刚刚过了变声期,从来不懂得思辨,对生活中的一切深信不疑。但我的那个兄弟突然具有了这样的能力,他的一句话,让我吃惊,更让我在瞬间超越了自己的年龄。我到今天都感谢他如感谢圣人,他在无意间启迪了我,让我终生受用,虽然直到今天他对此仍一无所知。

我想应该是巨大的生活变化,让一个从来不善于思考的养兔少年去思考自由的真相。他对当兵的看法超越了他形而下的处境,超越了社会层面的价值判定,超越了1984年文化的宽容程度,而直指问题的本质。他说出来的话,如此抽象又如此人道,如此让我触目惊心又如此让我心旷神怡。

我兄弟的思考引发了我的思考,送他离去,我在回家的路上想,是不是这个世界真的没有自由,逃出家庭还有学校,逃出学校或许还有别的什么，法则之外还有法则。我一下子明白了《西游记》里所要表达的意思，孙悟空一个跟头能行十万八千里，看起来纵横时空，自由自在，但到头来还是逃不脱如来佛的手掌心。这让孙悟空相当头疼，紧箍咒就是无法挣脱法则的物化表现。吴承恩在我眼里成了悲情的明朝人，《西游记》是一个暗示。整篇小说没有反抗，只有挣扎；没有自由，只有法则。我觉得《西游记》是中国古典小说里离我最近的一部，当然这只是我个人的感受。

　　自由问题是让人类长久悲观的原因之一，悲观是产生艺术的沃土。悲观让我们务实、善良；悲观让我们充满了创造性。而讲述不自由的感觉，一定是艺术得以存在的理由。因为不自由不是一时一事的感受，决不特指任何一种意识形态；不自由是人的原始感受，就像生、老、病、死一样。艺术在一定程度上反映着我们对自由问题的知觉。逃不出法则，是否意味着我们就要放弃有限的自由，或者说我们如何才能获得相对自由的空间。在我看来，悲观会给我们带来一种务实的精神，是我们接近自由的方法。

　　1990年，我高中毕业，没有考上大学，不想再读书，想去上班挣钱。我想自己要是在经济上独立了，不依靠家庭便会有些自由。我父亲非常反对，他因为家庭出身不好没上成大学，便想让我去圆他的梦。这大概是家庭给我的不自由，我并不想出人头地，打打麻将、会会朋友、看看电视有什么不好？我不觉得一个人的生命就比另一个人的高贵，我父亲说我心态不好，有消极情绪。问题是为什么我不能有消极情绪呢？我觉得杜尚和"竹林七贤"都很消极，杜尚能长年下棋，我为何不能打麻将？我又不妨碍别人。多少年后，我拍出自己的第一部电影《小武》也被有关人员认为作品消极，这让我一下子想起我的父亲，两者一样是家长思维，不同的是我父亲真的爱我。

后来，我去了太原，在山西大学办的一个美术考前班里学习。这是我和我爸相互妥协的结果。因为考美术院校不用考数学，避开了我的弱项，我则可以离家去太原享受我的自由。

那时候，我有一个同学在太原上班，开始挣钱，经济上独立了。我很羡慕他。有一天我去找他，没想到他们整个科室的人下班后都没有走，陪着科长打扑克，科长不走谁也不敢走。我同学说天天陪科长打扑克都快烦死了。我突然觉得权力的可怕，我说他们打他们的，你就说有事离开不就完了吗？他说："不能这样，要是老不陪科长玩，科长就会觉得我不是他的人了，那我怎么混？"我知道他已经陷在一种游戏里了，他有他的道理，但我从此对上班失去了兴趣。

在一种生活中，全然不知自由的失去，可谓不智；知道自由的失去而不挽留，可谓无勇。这个世界上的人应该不缺智慧，缺的是勇敢。因为是否能够选择一种生活，事关自由；是否能够背叛一种生活，事关自由；是否能够开始一种生活，事关自由；是否能够结束一种生活，事关自由。自由要我们下决心，不患得患失，不怕疼痛。

小时候看完《西游记》，我一个人站在院子里，面对着蓝天念念有词，希望哪一句恰巧是飞天的咒语，让我腾空而起，也来一个能飞十万八千里的跟头。这些年跟头倒是摔了不少，人却没飞起来。我常常想：我比孙悟空还要头疼，他能飞，能去天上，能回人间，我却不能。我要承受生命带给我的一切。太阳之下无新事，对太阳来讲，有些事旧了，但对我来讲是新的，所以还是拍电影吧，这是我接近自由的方式。

我悲观，但不孤独，在自由的问题上，连孙悟空都和我们一样。

2013 年第 23 期

你不必成为爱因斯坦

张五常

我是留级专家

我三岁开始读一年级,太小了一点,升不了级,就留级。六岁逃难到大陆,在一个地方念小四,跟着跳上初一,又跌落到小三。后来到了佛山华英中学,老师问我最高读几年级,我说初一,就考初一,不及格,就读小六。读了一年毕不了业,那就试试初一吧。读了一年,又升不了学,看来读初一不行,学校又叫我读小六。

1948年回香港,我爸爸收到华英中学校长的信,说你儿子没什么希望了,不要令我们难做,别回来了。我就这样被开除学籍了。我在香港念八年级,那时十二岁左右,留级留了这么多年,年龄还是合适的,可是又升不了级……到皇仁书院读书，A 到 F，最好是 A，最差是 F，我当然是 F。又留了两次级，按照学校的规定，就要开除，这是我第二次被踢出校门。可以说，我是留级专家。

每天钓鱼，总有机会碰到大鱼

我上中学时功课不行，但钓鱼、放风筝、下象棋、打乒乓球、捕小鸟，都很厉害。我逃学的时候，到一个很荒凉的沙滩钓鱼。那鱼线是用手扔出去的，扔出去、收回来，收回来、扔出去。每一次扔出鱼线，心里都充满了希望！这锻炼了我后来做研究的耐心。有一次划着小船去钓鱼，遇到一条三十磅重的鱼，我和它在海上斗了三个小时，最后钓上来时，我的手臂都肿了。每天钓，总有机会碰到大鱼，就像我的《佃农理论》，也算是一条"大鱼"了。到现在我都不明白，当时是坐在教室听老师讲课好，还是一个人去抛鱼线好。也许抛鱼线比坐在教室听那些古板的老师讲课好。所以孟子说"饱食终日，无所用心，难矣哉"，这是对的，你一定要有所用心。

有成就感，不一定成为爱因斯坦

要有自知之明，有天分没兴趣，或者有兴趣没天分，都是不行的。我认为每个人都有天分，就看在哪方面。我小时候打乒乓球，有兴趣，以为自己有天分，碰到个小孩，教他打，三个月之后却打不过他了，而且他赢得很离谱，我就知道我的天分永远比不上他。这个小孩叫容国团。

我离开香港前，阿团说："做了这么多年朋友，我也没钱送你，就教你怎么发球吧。"第二年，我在加拿大拿了个单打冠军。在加州大学，有个教授说他经济学比我厉害，我说我比他厉害，结果大家在乒乓球桌上赌胜负：谁赢了，谁的经济学就厉害。结果他输了我十多局。他说："你怎么不去打乒乓球？"我说："你笨死了，我怎么打得过容国团呢？"

不一定人人都要成为爱因斯坦，但一个人没有成就感是很大的遗憾，每个人都应该在某方面有些成就感才对。

我想自己思考，不要骚扰我

找个好老师很重要，好老师启发性强。跟一个好老师和看一本好书是两回事：学问好是可以通过看书看来的，跟个好老师可以跟着他想。

要想办法，不要死读书。我大学读书的时候，花时间找书读，多过读书的时间，因为真正值得看的书是很少的。我到处问人："这本书行不行?"找到普遍受人推崇的书了,我并不马上读,先翻一翻,"品尝"一下,如果是值得读的,再拼命去读。读对了一本书,你就会判若两人;方法对的话,事半功倍。

要想有所成就,总有一段时间是非常拼命的,这是不可避免的。你想做学者,大概要三年时间,听不知音,食不知味。我是花了三年时间,带上饼干,几乎睡在图书馆,之后再也不读书了。我不想别人干扰我的思想,我听都不想听。我不是不给他们面子,我是想自己思考,你不要骚扰我。

很多人不喜欢我的个性,认为我不够谦虚,当然也有很多人喜欢我。我说得很清楚,你们看我的文章,不要求你们认同我,只希望你们跟着我的思路认真想,如果不喜欢我的思路,最好不要看我的文章。这也许是有一点张狂,但特立独行的人生态度,可以让你在任何时候都保持清醒。不随波逐流,不从众,这是成就事业的根本。你不必一定要成为爱因斯坦,你只是你!

记忆里的碎片

郭超群

那时我已经开始学会扮酷。每天早晨会在镜子前蹲上半个小时,细心打扮一番。有女孩子过来,我就会学着周杰伦的模样,高调地唱起《辣妹子》。

十六七岁的男生,单纯又任性,总会抓住一切卖弄自己的机会,放任自己大把大把的青春。老师们在校园里看见我们模仿周杰伦穿得光彩夺目、头发奇形怪状,就会板起脸来训斥一番。我们会恭顺地低着头,"聆听"老师的教诲。但等老师走远,我们就七嘴八舌地凑在一起,互相吐槽,直到心满意足才离开。

上物理课的时候,老师在讲台上唾沫横飞地讲着功与动能的关系,邻桌的汤宇听着无聊,就给物理老师画起漫画来。

刚画完，他就迫不及待地拿过来与我分享。就在我欲惊呼的一刹那，物理老师板着脸走了过来，然后命令他拿着自己的杰作在班上巡展。

回到座位上的汤宇不安地等待着老师狂风暴雨般的冷嘲热讽。教室里沉寂了片刻，冷不防地，物理老师冒出一句："汤宇同学，你太高估我了，你老师我可没有这么帅呀！"

顿时，讲台下有人欢呼、高喊，那声音似乎要刺破天空，像一群被束缚了很久的狼，呼叫着冲破牢笼，释放着自己青春的无穷能量。

我至今清晰地记得，那天，一场由汤宇引发的"草绘革命"就这样拉开了帷幕。在我们那所被学习压得死气沉沉的高中，这场革命犹如一场台风，迅猛而又热烈，卷走了死寂，带来了生机。从那以后，我们会把自己喜欢的动物、花草、漫画人物画在自己的课本上、作业本上，更多的时候，我们会将那些自己钟爱而又抽象的图案刻在自己最心爱的MP4和手机上，其中的寓意，只有物品的主人才知道。

老师们也无力阻止这股青春潮流，只得任我们在书本上、作业本上胡乱涂鸦。平日里苦着脸的美术老师露出了难得的笑容，因为再也不用他吩咐，我们就会安安静静地作画，而不是吵吵闹闹地在课堂上下棋、聊天，那颗年轻躁动的心终于安静了下来，那些绘满青春符号的作业本、课桌，就像一件件宝贝，陪伴着我们快乐地成长。

今年，我回到母校，看那一群散发着青春活力的男孩女孩，只一眼，我就能窥见那些躺在青春记忆里的碎片，也终于明白，自己一路向前奔走，却始终忘不了身后那段年少时光的原因。

不是不忘，而是不愿遗忘那些躺在青春记忆里的碎片。

2013年第23期

一个人的青春战役

罗光太

A

升入高中,我认识的第一个人就是崔子良。见到他之前,我已经听说了他的传奇故事,市三好学生,几届作文大赛的第一名,学生电台的主播,市音乐节学生组B组冠军,擅长棋类,学过书法、咏春拳,会拉小提琴,一个神一样的人物。

他一直是我的"假想敌",初中时,我们不同校,可关于他的故事,老师讲了一遍又一遍,虽未谋面,但早已熟知。没想到,进了高中,我们谋面了,还是同桌。

现在坐在一条凳子上了,"正面交锋"在所难免。

B

我每天都冷眼旁观崔子良，实在是看不出他有什么不一样的地方。上课认真听，作业按时完成，下课爱喧哗，该玩的时候，他比任何人都积极，没见他有什么特别用功的，他凭什么就成了"神"呢？

有时我就想：崔子良不过是个平凡人，只是事实被夸大了，战胜他也不是不可能的。他每天所做的事，我一样都没落下，我不信，我就不如他。一直以来，我也是学校里的风云人物，更是父母的骄傲。

崔子良并不知道我对他存有"敌意"，他对我很友善。我们的性格差别很大，我内敛，平时话少，他却是个话痨，而且普通话说得非常好，怪不得能当学生电台的主播。

课间休息，我们的座位周边总会围着一堆人，他们都是来听崔子良讲笑话的。这家伙能言善道，一个毫无笑点的故事经他的嘴讲出来，都能令人捧腹大笑，连我这个不苟言笑的人也会不由自主地咧开嘴，笑出声。

我和崔子良是不同类型的好学生，同样成绩优秀，但我在大家眼中是低调的、中规中矩的，而他高调张扬、锋芒毕露，有时还有许多出格的举动。他一点都不谦虚，心里有什么想法，马上就说出来，一点不在乎万一努力后不成功会被人笑话。

我和崔子良的竞争，一直以来都是我单方面进行的，我处处和他较量，哪一方面都不想输给他。他并不知晓我的想法，时常会告诉我他的宏大计划。当他揽着我的肩膀，告诉我他的种种想法时，面对他的坦率，我会很讨厌自己的虚伪。我笑着给他鼓励，心里想的却是新的竞争计划。他写作文参加市征文比赛，我一定也要写一篇；他给电视台写策划稿，我肯定也不落后；他报名参加市长跑比赛，我也报名；当我知道，他被老师选去参加市中学生现场作文比赛时，我就争取能去参加市里举行的中学生数学竞赛。整个高一，我们的各科成绩并驾齐驱，他得了不少奖，我也得了不少奖，只是我心里面还是很郁闷，他平时玩的时间挺多的，不像我，暗中一直在努力。

我从来没有把自己真实的想法告诉过崔子良，如果他知道后，会怎么想呢？但他在无意中，做了个很好的向导，我跟着他，接触了很多过去自己并不喜欢，也不擅长的领域。

只是我想不明白，他每天看起来都精力旺盛，快乐无限，而我却过得很累，感觉自己像一只上紧发条的钟。

C

我处处以崔子良为榜样,时时把他放在心里。有时,真希望他能歇息一下,这样我也可以暂时停下追逐的脚步。

崔子良每天都过得风风火火、忙忙碌碌,我也是如此。我的疲惫写在脸上,崔子良曾问过我,干吗把自己搞得那么累?我那时真想骂他,但忍住了。

在这场一个人的青春战役里,我跟着他学到了很多东西,但我迷失了自己的方向,甚至丢失了自己。我不知道除了想要战胜他外,自己还有什么梦想。

在高一结束的暑假,我才第一次对他说了埋在心里很久的话——我想战胜他。

崔子良一点也不诧异,他说,他早知道我的想法,所以他也没有放松过自己。

"但你每天还是很快乐呀!不像我,都快累死了。"我抱怨道。

崔子良笑得一脸灿烂。他说他做的都是他喜欢的,不像我,没有选择。

我突然就哑口无言了。是呀,我马不停蹄地跟着他转,做的都是他喜欢的事,我一直都是跟在他后面,这样,如何才能超越他呢？如何会有自己的快乐？

一语惊醒梦中人。

"你一点都不比我差，只是没有自己的方向和目标。优秀的人很多，想要超越没什么不对，但要先超越自己，保持快乐吧。"崔子良直言不讳，说得我脸红耳赤。

"我喜欢你追逐的劲，如果你能够把这种坚持和毅力用在你擅长和喜欢的方面，你肯定会有更大的收获。我接受你的挑战，我们一直竞争下去吧，友好地竞争，在自己喜欢的方面做最大的努力。"崔子良握着我的手真诚地说。

他一直都是真诚的，只是我隐藏了自己。开诚布公的交谈，让我又一次认识到与他的差距，不只是学识上，还有心胸和气度上。

崔子良的辉煌传奇还在续写，我希望自己的辉煌也能继续，就像他说的："做最真实的自己，做自己最想做的事，尽自己最大的努力。"

赢不赢得过别人并不重要，重要的是赢得过自己。这是崔子良教会我的，是我在这场青春战役中学会的最重要的东西。

少年

里则林

一

很多年前,我有个仇人。

如今想起来,已经不记得怎么结的仇。那时我五年级,他四年级,我们周末在同一个地方学英语。上课的时候,老师只要一转过头去,我们就开始打架,周围的同学都躲得远远的;老师回过头来时,我们又各自气喘吁吁地坐在位置上一动不动,假装镇静。

放学的路上,我们就从教室门口一直打到少年宫门口,再从少年宫门口一直打到车站。路上的大人们都会充满好奇地一路望着我们。

开始我俩都以为我们是打着玩的,只是打着打着,在某一天,才突然发现,原来我们已经不共戴天了。

最后一次打架一直打到了车站,我上了车以后,他在车窗边对着我怒吼:"你下个星期别来,来了我弄死你!"我听完顺势把脸一甩,对着车窗外就是一口口水,他躲开,然后用一种要杀死我的眼神看着我。我无所谓地看着他,我们就这样对视着,一直到彼此模糊了身影。

这一别,再见时,我已经上初中了。

因为当那个说好要"弄死我"的"下个星期"来临时,他却没来,而且再也没来。

二

初二那年,我还处在躁动不安的青春叛逆期,每天上课边喝酸奶边看文言文版的《三国演义》,我规定身边的小伙伴都必须得叫我"义薄云天小关羽"。

有一天我爸来学校找我,我让小伙伴们站成两排,夹道欢迎我爸。然后我爸去了班主任那儿,班主任告诉他,我已经有很多天没有交作业了。当时,我和我爸都觉得很尴尬。

就在那年的某个傍晚,我在学校楼道放了一张椅子,在小腿上贴了一张创可贴,然后拦住那些懵懂的校友们,让他们给我一些钱去看骨科。十多分钟后,我收集到了八十多块钱,正兴高采烈地准备去上网,此时,一个外校的小伙伴打小灵通告诉我:"打架啦!"

几分钟后,我就到了打架现场。那里充满了懵懂的少年,分成两拨。电影看多了,全在假装自己是古惑仔,包括我。

结果什么事都没发生。我坐在旁边的楼梯上,在人群里看到了一张熟悉的面孔。他带来了几个体校练拳击的人,晃来晃去。看得出来他感到很懊恼,人都带来了,居然没打起来。

后来,他也看到了我。我们又开始了多年后的新一轮对视,只是这次我们彼此一笑泯恩仇,搭着肩膀,嘘寒问暖怀旧了一阵。他说他现在加入了某车队,在开赛车,已经不读书了。他还说了些下次载我出去玩之类的话,大家就作鸟兽散了。

很多年过去了,直到我大学出去实习,到了北京。

一个当年的小伙伴开车来接我。我们一起吃烤串聊天,突然他特别严肃地问我:"你还记得当年那个×××吗?"我点头。他满是惋惜地跟我说:"他多年来无法无天,有一次喝醉了开着一辆跑车,最后失控翻车,死了。"

我听完心里一怔。想问"然后呢",但是发现已经没有然后了。

三

我回忆起那时候,接触过许多这样的小伙伴。最后去了少管所的,将人打成重伤的,出了事的,再也没出现过的,中途辍学的,什么样的情况都有。回想起来,内心总是会为自己感到庆幸。

初中毕业时,父母要我离开这个地方,要把我送到其他城市一个人上学。我不肯,因为我觉得读不读书根本无所谓,也不会为每天无所事事感到恐惧。

之后,爸爸出差时带我到广东。在广东时,爸爸带我去了一家专门做出口贸易的工厂。我看到门口整整停了几公里长的集装箱,走进去更是为之一震,就像一个土鳖走进了一个豪华的五星级场所,觉得自己很渺小。

第二天开车经过一座桥时,看到两边许多骑着自行车赶着上班的人;在那天下午再经过那座桥,又看到许多骑着自行车下班的人。不知道为什么,看着汗流浃背的他们,我突然觉得很感动,估计是被这种努力生活的气息感染了。就像一株没见过世面的植物,温室突然被掀掉,才发现,世界原来是这个样子。

那个暑假快结束时,我二话没说就去了另外一个城市上

无题（三） 之五

高中。

到了高一下半学期,我们班主任发现我完全不听课,每天看着窗外发呆。但她从来不逼我,也不责怪我,我犯错了先听我这么做的理由,然后再告诉我她对这件事的看法。最后她还拿来了一箱书让我每天看。

一个学期之后我就变了,虽然我仍不时和老师发生冲突,但最后都很内疚地道歉,不再像以前那么肆无忌惮。我对世界的看法也开始变得温和,开始学着接受很多我曾经不能接受的东西。

后来我常常在QQ上和以前的朋友聊天,告诉他们自己的一些感悟,鼓励他们努力去生活。庆幸的是,我那些最好的朋友,现在都过得很好。我们再聚在一起时,看着他们成熟的脸,心里会觉得很感慨,其实谁没有一段不堪的日子,或长或短,只是还好,大家都没走远。

四

那天别人说:"你们长大了就像一群被驯服了的野兽。"我觉得有点道理,不过转念一想,我们从来都不是动物,我们是人,人都有一颗温热的心。就算装得再无所谓,当深夜看到一个独自捡空瓶子的悲苦老人时,仍然会自然而然地发出那种温热。

后来我想,只能算什么年纪做什么事吧。

有一种小孩,从小不被人理解,每天叽叽喳喳的,看似活泼,却是最不会表达内心的人。

回想起来,我初中时的那些小伙伴,大多是这种类型。绝大部分原因是,大家都告诉我们应该怎么做,却没有人告诉我们为什么要那么做,而年少时的我们最需要的不是方向,而是对事物的正确认知,那时的我们很有可能会带着错误的认知走向一个自认为对的方向。

那时我们这些少年就是如此,带着心中的不理解急切地跳进这个世界,换来的却又正好是这个世界对我们的不理解。互相一碰撞,彼此不解释,分道扬镳,于是越走越远。

如今我仍能看见这样的少年,嬉皮笑脸,内心却一片混沌,在无数个被时间带着飞奔的日子里,不断地摔倒、撞墙。

其实他们需要的,往往只是一个能静下心来听听他们想法的人。然后这个人再引导他们去学会理解,让他们不再带着无知的惶恐和好奇,跳进一个对他们而言全是抵触的世界。

2013 年第 24 期

青春，始于谎言

安一朗

十六岁那年，我上高一。

我的中考成绩一般，但望子成龙的父母希望我能去市里最好的实验中学读书。父母经商，家境殷实，只要我能进最好的高中，花多少钱他们都愿意。

我很恐慌。我知道实验中学的学生都非常优秀，我去了那里，成绩岂不是要垫底？我也害怕别人知道我是花钱进去的，从而瞧不起我。我硬着头皮，开始了在实验中学的生活。

第一天上课，看着别人兴高采烈地呼朋引伴，我觉得自己特别孤独。他们都是靠自己的能力考进来的，唯有我，那么不光彩。

暗自庆幸，这里没有人认识我，连任课老师都不知晓我的秘密。这样想时,我慌乱的心又暂时平静了一些。

我的同桌杨旭热情洋溢,他的中考成绩非常高,整整高出我80多分。老师安排我们同桌,他一坐下就询问我的考分。我愣了一下,不好意思地说:"我考得不好,比你差远了。"我实在没有勇气把自己的分数说出来。

"刘康伟,你真谦虚!能考进实验中学的学生,哪个都不差!"杨旭拍拍我的肩膀,友善地说。我的脸倏地涨红,急着干咳几声,以掩饰自己的慌张。还好前桌的女生柳叶正转过头来找杨旭说话,无意间帮我解了围。

实验中学是重点高中,这里藏龙卧虎,随便碰上一个同学,都有可能是某一方面的达人。

在严谨的校风影响下,我再也没有过去那种得过且过的想法了。在这里,稍不努力就会被人远远甩下。我在教室里几乎不说话,用沉默来保护自己的隐私,每天埋头苦读。

进入高中后的第一次大考,在开学二十多天后进行。老师说:"这次考试一来检查一下大家以前的知识功底,二来看看大家能否适应高中的教学方法。"

我在考试前几天就开始惴惴不安了。我怕自己原形毕露,同学们会看不起我。到时候,我还有何颜面在这里待下去呢?

思绪纷乱如云。我一次次怨恨父母的虚荣心，一次次后悔不该来这里等着被众人嘲笑、讽刺。

可是我已经进了实验中学，没有退路。

帮老师拿教案时，我发现办公室里只有最里边的角落有一个老师，他正埋头工作，根本没看见我进去。放教案的柜子边上，是隔壁班数学老师的办公桌，他的桌子上放着一摞试卷。我随意瞟了一眼，心里"咯噔"一下，那不正是几天后我们考试用的试卷吗？我心里莫名地紧张起来，手在抖，掌心满是汗水。那一刻，我脑子里一片空白。我鬼使神差地抽了一张试卷出来，紧张地折叠好，藏进口袋，然后飞也似的离开，连教案都忘了拿。我一口气跑到楼梯口，才记起自己的任务，于是又返回去拿教案。

回到教室时，我额头上满是冷汗。杨旭关切地问我怎么了，他说我的脸色看起来很不对劲。我忙说没事，但心一直在"怦怦"跳。

我不是小偷，我只是不想自己在实验中学的第一次考试成绩就垫底，不想被班上的同学看不起，不想被任何人窥探到我的秘密。我自欺欺人地自我安慰，仅此一次，下不为例。

回到家，我认真地把那张试卷做了一遍，不会的题，就照着书上的例题一点点想。我不敢去问同学，怕事情败露。惶恐不安地过了两天后，终于迎来了考试。

公布成绩前的几天里，沉默的我变得更加沉默，神经紧绷，一点点风吹草动就让我惶恐不安，如坐针毡。

度日如年的感觉让我快要窒息了。

老师似乎是在故意考验我的承受力，在我感觉自己快要崩溃时，终于开始发试卷了。语文、英语……虽然每一科的成绩都不尽如人意，但也没有垫底。当要发数学卷子时，我屏住呼吸，竖起耳朵聆听老师说的话，生怕漏了任何一个字。

"刚上高中，估计大家中考后都玩过头了，一时还没回过神来……这次的考试成绩居然只有五个人在90分以上，这里可是重点高中，你们可是全市最好的学生……以后大家一起努力吧，我相信你们不会只有那么点能耐……"数学老师娓娓道来，时而严厉，时而鼓劲。大家在底下窃窃私语，老师念一个分数，发一张试卷。

"刘康伟，98分，全班最高。"

当我听到老师念我的名字时，心跳骤然加快。我低着头，匆忙走上去。面对老师赞赏的目光，我却感觉那目光似乎要穿透我的心。

"刘康伟，你好厉害啊，真人不露相！"杨旭凑过头来，搂住我的肩膀。

我敏感地坐直身子，揣测他话中的意思。他的成绩比我低10分，他说以后要多向我请教，我却感觉他是在试探我，因此脸涨得通红。

前桌的柳叶在哭，虽然她的语文和英语都考了全班第一，但数学成绩不及格。她哽咽着说："我从来都没有考过不及格……"

叹气声此起彼伏。我没有一丁点儿初战告捷的喜悦，我知道我的成绩是假的，如果不是事先偷到试卷，我到底能考多少分呢？我并不想考第一名，我只希望自己的成绩不垫底，自己在这个班级能够有立足之地就够了。但现在事情的发展由不得我了，大家都以为我是"高手"，一个"深藏不露"的高手。他们羡慕的目光让我有如芒刺在背。

我撒下了第二个谎言，以卑劣的手段。

第一个谎言是父母帮我一起撒下的，但后果只能由我来承担。我无路可退了。

我让父母帮我请来最好的家教，自己也重新调整学习计划，为了不让自己的谎言败露，我只能全力以赴。

我相信"天道酬勤",虽然我的起点不如别人,但我可以重新开始。我把学习当成自己最重要的事,比以往任何时候都努力地学习。

父母见我知道用功读书了,一脸欣喜。他们说我长大了,说我进了重点学校就是不一样。我提的要求,他们全都答应。看着乐滋滋的父母,我心里其实很难受,我知道父母对我的期望高,知道他们为了我花再多的钱也不在乎。我不想让他们失望,我更不能因为自己的不努力让谎言被揭穿。

一夜长大或许就是这样的吧。我的蜕变连我自己都觉得不可思议。我把时间安排得满满的,每天仅挤出半个小时吹我喜欢的葫芦丝,那片刻的放松让我重新积蓄力量,每天都斗志昂扬、精神焕发。

杨旭说我变了,柳叶也这样说。

我只是微笑,却无法解释。内心深处一直有一个声音在为自己鼓劲:我一定可以的!我相信自己可以,我要把曾经的谎言变成现实,唯有这样,我才能让自己的心得以安宁。我不断在心灵上自我修正,并且在努力的过程中找到了学习的快乐和成就感。

整个高中阶段,我像上紧发条的钟表,每天都过得忙碌而充实。家教的课外辅导,再加上我自己的努力,第二次考试,第三次考试……我都没有让自己失望。

实验中学毕竟是重点高中,高手如林,虽然我没有进入尖子生的行列,但保持在中等偏上的成绩还是让我自信满满。特别是数学,曾经让我痛苦不堪,后来也被我征服了。

青春年少时,我们可能都说过这样或那样的谎言,为了让谎言不被揭穿,为了自己能被别人认可,我尽了自己最大的努力。

虽然这一切都始于谎言。

2014 年第 1 期

请尊重我的馒头

侯焕晨

我读初中时有个同桌,瘦瘦的,脸色苍白,很老实,不太爱说话。他家住在偏远的郊区,那里属于小城的贫困地带。

因为离家远的缘故,中午放学他不回家。学校有食堂,可一次也没有见他光顾过。他的午饭很简单:一个白面馒头、一根细细的咸黄瓜和凉开水,天天如此。

冬天,每当上午第三节课的下课铃声响起,他就从包里掏出馒头,放在身旁的暖气片上烘热。

而夏天,他走进教室的第一件事就是打开纱布,把馒头放在书桌里,他是怕天热,馒头捂着会馊掉。

班上有四个调皮的同学,号称"四人帮",整天无所事事,以欺负和戏弄同学为乐。

一天早上,他刚进教室,粉笔头就从四面八方飞来打在他的身上。我以为这下他一定会愤怒得大吼大叫,但他像什么事也没发生过似的,很平静地抖抖衣服,挺直胸膛,走到座位上坐了下来。

第二天,依然如故。我为他打抱不平,忍不住对他说:"你为什么不反抗,或者是告诉老师?"他淡淡地说:"我没时间理他们,我还要学习。"我觉得这只不过是他的借口,他在掩盖骨子里的懦弱。

安宁了没几天,"四人帮"卷土重来。那天下课后,他刚把馒头放在暖气片上,就被"四人帮"的领头羊大强抢了去。大强把馒头当成皮球,飞起一脚,馒头打在了教室的天花板上,又落在地上滚到讲台旁边。"四人帮"用挑衅的目光看着他,他的脸色由红变青,又由青变紫,他猛地站了起来,双手颤抖着,眼睛瞪得好大。

突然,他猛地一拍桌子:"你们……你们太过分了!"大强还是一副满不在乎的表情。"你们可以戏弄我,但是必须尊重我的馒头!"他喊了起来。大强上前一步,身后的三个追随者也跟着凑上前来,教室里弥漫着浓浓的火药味。

他平视着他们,一字一句地说:"你们欺负我,我可以不计较，因为早晚有一天你们会明白那是不对的。可是请你们尊重我的馒头！你们应该知道那是我的午饭！"大强一伙不动了，看着他。"我家全靠我妈妈一个人操持，很辛苦，爸爸又长期卧病在床。本来我应该住校，本来我中午应该去食堂吃饭，可是我家里穷，没有钱！而在家里，只有我一个人可以吃馒头，我妈说我上学不能缺了营养，而我七岁的妹妹只能眼巴巴地看着！每天晚上我妈都用小锅在炉子上给我蒸一个馒头，只能蒸一个，一袋面粉可以蒸好多个馒头，正好维持我一学期的午饭……"他说不下去了，眼里噙满了泪水，大强一脸愧疚地低下了头。

他擦了擦眼泪，离开了座位，大强一伙自动闪到一边。他弯下腰捡起那个已经脏了的馒头，用手擦拭着，我清楚地看见他那大滴大滴的泪珠落在馒头上。他擦得很认真，一遍又一遍。教室里响起了几个女生的抽泣声，那一刻，眼泪也漫过了我的脸颊。

从那以后，我不再把自己的观点强加于身边的每一个人身上，不再挑剔家人为我所做的每一顿饭。因为我知道，每一个人都有自尊和坚守的一面，每一顿饭里都含有亲人的无限关爱。

2014 年第 2 期

请做一个勇敢、坚强的怪胎

7 号同学

小时候,我没有多少朋友,因为他们觉得我很不同。这种不同并非我有多出色,而是我很怪。

那时我不爱说话,总是沉默;并不是不想说,而是真正听我说话且能听懂的人特别少。我不爱穿裙子,不留长发,骑破旧的自行车,没有漂亮的首饰,经常和男孩子一起爬单杠,所以女孩子们不愿和我玩。渐渐地,男孩子们也不和我玩了,觉得丢脸。我经常被人遗忘,孤单地站在人群外,索性开始不参加他们的活动。我一个人也过得挺开心,没觉得有什么不好。

后来长大一些,从港台剧学到不少新词汇,开始有人喊我"嘿,怪胎""嘿,异类"。

四年级，我初次明白原来与大家不一样是会受到孤立与歧视的。

班里有一个女孩，她爸爸从香港给她带回一个MP3，只在电视中看过的MP3。MP3里只有几首儿歌，但还是成功吸引了全班同学围观。她很大方，允许每人戴上耳机听十秒钟。轮到我的时候，她忽然收回了MP3，说："我不能借给你，你是个怪胎，要是传染给我怎么办？"我站在那里，紧紧攥着校服的衣角，听他们大声笑，像一觉醒来发现自己赤身裸体站在大街上那般无助。

我以为，沉默再沉默，减少存在感，就不会被歧视。后来才发现，这是枉然，他们觉得你是异类，即使什么都不做，存在也是错。没有人愿意和我说话，否则会被"连坐"，会成为第二个我，被全班同学孤立。

六年级时，我被烫伤了手，大夏天起了水泡，很痒，一抓就流脓。疼痛伴随着腥臭的腐烂气息，同学经过我旁边时会夸张地捂住鼻子，或者不小心碰到我就要去洗手，似乎我染上了什么不得了的传染病。

我不记得自己哭了多少次，有一次甚至崩溃地爬上了天台。当然，我没有勇气跳下去，只是花了很大力气把自己变成另外一个人：蓄长发，向父母要钱买小玩意儿讨好班里的同学，帮他们值日、抄作业，玩游戏时自动选择最不讨好的角色……时隔多年，现在，我已经可以笑着做自己不喜欢的事，笑着去迎合别人，与谁相处都游刃有余，也学会小声地和别人讨论："嘿，那个小A真是个怪胎，真讨厌！"

小A是我的初中同学，她一直是个怪胎。我们看言情小说，她在操场捡石头；我们把校服改得花里胡哨，偷偷染发、烫发，她还是清汤挂面，穿着宽得可以多塞一个人的校服；我们早恋、写情书，她在捡易拉罐、饮料瓶；我们春游嬉闹，她把自己关在家中捣鼓着捡来的东西……我们特别害怕和她在一起，觉得她脏、恶心，有传染病，更重要的是她从来不和我们在一起，是异类。于是，我们歧视并孤立她，在她的椅子上倒红药水、放小石子，在她的课桌上写脏话……

排除异己，这是亘古不变的道理。若是一个异类、一个怪胎，便要将他铲除，让他消失——这恶毒的想法不知从哪儿衍生，从此生生不息。

只是小A和我不一样，她始终波澜不惊，继续走自己的路。

后来初中毕业，我们去了不同的高中，和以前的同学提到小A，他们都是一脸嫌恶："她啊，估计去捡垃圾了吧，谁愿意知道她的事啊……"再后来,我没有听到过小A的消息。

今年暑假,参加初中的同学会,以为小A会像以往一样离群,没想到她出现了,且把我们吓了一跳。现在小A在中央美术学院上学,还未毕业就已经帮很多公司设计产品。但她本人没什么变化,普通T恤、过时长裤,与争芳斗艳的女同学一比,天差地别。

她安静地坐在角落喝饮料,我忍不住走近,问:"你一直都是这样吗?"

"是,一直这样老土、邋遢、不合群。"她倒是直接,"不会迎合别人,学习、生活、工作中经常碰钉子!"

"那,你没想过改变吗?"

她笑了:"我是很怪,但我活得很畅快。我又没有阻碍到别人,为何要改变?"

那一刻,我才真正地懂得:她不是怪胎,我才是。

不敢直面人生,不敢承认孤独,不敢做自己喜欢的事,费尽心机地迎合别人只为得到认可,但其实从改变的那一刻起,我们已经否定了自己。

请你做一个勇敢、坚强的怪胎。

2014年第3期

待续的美好记忆

詹志宏

我有一个把生活打理得井井有条的姐姐,她把每一天读过的报纸都按日期整整齐齐地叠起来。我在小学三年级的时候无意中发现了这一堆蒙尘的宝藏,开始在课余时间按日期一张一张地读了起来。

我在里头看到迷人的《林叔叔讲故事》栏目,读到美国扭扭舞以及迷你裙流行的消息,看到詹姆斯·邦德的《你只能活两次》的漫画连载,等等。这些不该在我的年龄读到的旧闻与故事,流连在我的脑中,我后来也无法分辨哪些是从当时报纸上读到的新事,哪些是我在那些下午不上课的时光里浏览旧报纸所得。

在那个阅读材料匮乏的年代,我灵敏地扑向那些可以满足心智追求的只字片纸。如果在一堆报纸中,偶尔缺了一天的,可以想象它是如何困惑着那个刚刚开启阅读之门的小孩的。有一次,我无意中找到一张旧的《国语日报》,就被一幅插图牢牢吸引住目光,那是一只有着斑马条纹的可爱恐龙,有着胖嘟嘟的身材和长长的尾巴,头上有一只独角兽式的角,最令人向往的是,它的背上还有一对小小的翅膀。我抓过报纸细看,故事的名字叫作《我爸爸的小飞龙》。

故事里有一个小孩,在下雨的街上捡回来一只湿透了的老猫,他把它藏在地下室,给它烤火取暖,也给它喝牛奶,但母亲回家发现后大发雷霆,告诫小孩决不可以把街上的野猫带回家。小孩只好把猫送出去,他为大人们的不礼貌向猫道歉,两"人"在公园里游荡,交换一些可以安抚心情的想法。老猫问起小孩的心愿,小孩说他想要一架飞机,可以飞到世界任何一个地方。猫说它没办法为他找到一架飞机,但它知道有一只会飞的龙,被锁在一个小岛上做渡河的奴隶,如果小孩能把它救出来,它就可以成为他的飞机。小孩当晚就离家出走,藏身货船中,前往小岛救恐龙去了。

故事愈来愈精彩,重要的情节也正要展开,但这是个连载的故事,当天只写到这里,底下是"待续"的字样。可怜的乡下小孩去哪里找到这张旧报纸的"待续"？这是我各式各样没头没尾的阅读邂逅之一，又是让我最伤心的一个，因为我太喜欢这个故事了，我为这个故事辗转反侧，那个小孩究竟如何抵达小岛找到恐龙，又如何救它出来呢？

一个晚上接一个晚上不停地思索、想象，然后就稀疏了。偶尔我还想到这个未能完成的故事，但是其他的新鲜事物渐渐盖住旧的遗憾，更重要的是，我长大了，我有新的事情要烦恼，然后就慢慢把它忘了，完全忘了。

三十年后，躺在我身旁的三岁小孩不肯睡，坚持说："还要讲一个故事。"我突然想起那只胖嘟嘟的有着斑马条纹的可爱恐龙，我说："爸爸有一个好听的恐龙故事，可是只有开头，没有结尾，你要听吗？"

"恐龙故事？要！"

我就开始搜索枯肠，讲了起来，但讲着讲着，讲得太长了，我自己都觉得有点疑心，而且说到最后，竟然是一个有头有尾的完整的故事（小孩在岛上找到恐龙，避开坏人救了它，并带回去藏在家里，藏在学校，藏在公园，一直到它长得太大完全藏不住，被镇上的人发现了，可是恐龙可以为大家做很多事，也就被大家接受了）。故事说完了，小孩睡着了，昔日阅读的小孩如今困惑的爸爸却没有睡着,我在想这是怎么回事。沉沉睡去之前,我得到一个结论,由于当年太喜欢这个偶然相遇而残缺不全的故事了,我小小的脑袋已经一次又一次地把故事修补起来,现在它是一个完整的故事,但哪些是原来的故事,哪些是后来自己编的故事,已经分不清了。

记忆可以是骗人的东西,你发现它已悄悄依照你的需要做了假,但你找不出中间编造的界限与痕迹,如果你发现记忆的一个谎言,你就开始担忧,会不会自己真实的一生都是依自己的喜好编造的,那些美好的记忆有多少是真实的?

三年后,我来到日本青山的"蜡笔屋书店",为小孩寻找一些儿童读物。在一张桌子面前,我感到呼吸急促,我见到暌违三十多年的形象,一只胖嘟嘟带翅膀的小恐龙,被一个小孩亲昵地拥抱着,和当年不同的是:小恐龙是彩色的,黄蓝条纹相间。

与其说是为小孩买下那个系列的三本书,不如说是买给已经失去童年的自己。我打开书,第一段就是我熟悉的雨中遇猫的故事,一直到小孩离家出走为止,故事和记忆中的都一模一样,仿佛是昨天读过的书。但小孩上了小岛,故事就和记忆中的完全不同了,插图也是从来没见过的。

我把三本书带回家，重新讲给小孩听，他有点困惑："为什么和你以前说的不一样？"我解释我从前并没有读到全部，后面是我自己编的。"自己编的？"他还在试图理解这件事，却好意地安慰我说："还是你编的比较好听。"

2014 年第 4 期

厕所里的书房

陆俊文

我是在小城里的一所寄宿学校念的高中,学校的大门每周只有在周日下午两点半才会打开给我们放行,到了六点半班主任就开始在教室里点人数。缺席者的名字会被写在黑板的右侧,迟到者则要站在门口等待老师训话。每周日的这四个小时对我来说太宝贵了,以至于我常常在周六就开始盘算这段时间要怎么度过,周日午休时我更是辗转难眠,生怕自己睡过头,所以,我常常躺在床上盯着枕边的闹钟看,快到点儿了,我就"嗖"的一声跳起来,赶在学校大门打开的第一时间冲出去。

但我常常在冲出去后又不知所措,失落地在小城里兜兜转转。街市是那样狭小,水果摊和文具店我都逛遍了,甚至连路人我都熟悉得不得了,走两步就会遇见同学。于是,这短短的四个小时逐渐变得刻板而因循守旧起来。我让三轮车车夫把我拉到附近的书店,买完习题参考书后我就松一口气,然后囫囵吞枣地把那些"不务正业"的书翻来翻去,遇到喜欢的就买下来,不喜欢的就搁置一旁。直到熬过四点半,我才依依不舍地移步离开,往那条熟悉的旧街道走去。天色还是那么明亮,行人们都各自奔波着,我仰头想:难道这就是我的十六岁吗?我灰头土脸地回家洗澡、吃饭,然后掐着表坐颠簸的三轮车回到学校。

校园小得即使天色暗了下来,人们也寻觅不到藏身之处。"校警"们像是无须充电的机器人,时刻警觉地睁着"火眼金睛",搜寻着那些饭后在树荫下闲坐的少男少女,盘问那些晚自习时间忧郁、孤独地在操场上奔跑的同学。而最令我讨厌的是,隔壁理科班那个多管闲事的班主任。我曾经几度被他从寝室里揪出来,和室友们并排穿着裤衩、裸着上身,站在大太阳底下暴晒,或者在寒冬的夜晚被罚绕着球场瑟瑟发抖地转圈跑。

他总是赤裸裸地羞辱我,仰起他高傲的理科重点班班主任的下巴蔑视我,而理由又总是那么荒谬——午休、晚休时间都不能看书。

我们是十个人住一间寝室，六张床，上下铺，空了两个床位腾出来放衣服，走道狭窄得甚至不能并排站两个人，锈迹斑斑的铁床脆生生的，仿佛随时都会被压弯折断一般，让人心惊胆战。重要的是门边还有两扇大开的窗子，巡视的老师走过时，里面的动静能看得一清二楚。学校中午十二点下课，十二点半午休，铃声一响，整栋楼就像是中了邪一般，从方才的欢腾声中肃然休止。老师们每天都来查房，他们扫视着床上床下，甚至连房间里有几只蜘蛛、几只蟑螂都熟稔于心，可唯独有一个地方他们看不到，也管不了，那就是每间寝室的厕所。

这个阴暗、潮湿、逼仄而且味道不怎么好闻的空间，成了我们寝室的人每天争夺的战场。每个人都会手不释卷地带一本书蹲在这个小角落里，从看第一行字开始就不停地有人小声催促："你好了没？轮到我啦！""哎哎哎，怎么轮到你了？我还没进去呢！"大家你争我抢、唇枪舌剑，每讲一句话前都要仰头观察是否隔墙有耳。

而我总是最后一个进去，等到他们都累得睡着了，我就悄悄地抱着书蹲在厕所里翻看。那个年纪看的书多而杂，我有时候沉迷于故事的曲折,有时候感叹于作者文笔的优美。我十六岁的时候在那间滴答漏水的厕所里,用了两周才看完王安忆的《长恨歌》,而王小波的书则时常让我破涕为笑,《黄金时代》我读了好几遍,《一只特立独行的猪》让我忍俊不禁,《东宫西宫》让我头皮发麻、浑身起鸡皮疙瘩,甚至导致有一段时间我对公共厕所有心理阴影。那个时候,我最中意的作家是郁达夫和太宰治,我不仅反复阅读他们的小说,还不由自主地模仿那种叙述的笔调,把人生过得昏天暗地。

我开始如上了瘾一般买书,然后躲在厕所里看,这个闭塞、阴暗的空间仿佛已经成了一个固定的书房。夜晚十点半寝室熄灯,而唯有厕所可以亮着灯。昏黄的灯光弥漫着暧昧的气息,映照在纸张上叫人愈发迷离。

有时候夜晚失眠,或是被噩梦惊醒时,我都会悄然从枕边取一本书,蹑手蹑脚地爬下床,躲进厕所。困顿或是浑浑噩噩的情绪会在这里烟消云散。有时候是一本诗集,我翕动着嘴唇默念。我怕厕所的灯光太亮影响舍友休息,便借着从窗子透进来的月光或是走廊彻夜不熄的灯光,抱膝蹲着在深夜里读。

这狭窄的空间让我有足够的安全感,红白砖块砌起的高墙将我与外界隔绝，有绵绵的青苔痕，有斑驳的砖墙影，于是我在这里思考青春和人生。我读萨冈的《你好，忧愁》，也读萨特的《恶心》；我读塞林格的《麦田里的守望者》，也读加缪的《西西弗神话》；我读世界历史，也读中国地理；我读科普杂志，也读文学期刊。我上高中时读的所有"不务正业"的书几乎都是在这里读的。这些书是我从学校尘封的图书馆里借来的，或者是从书店里一本本挑着买来的。

在那段岁月里，我把吃饭的钱都省下来买书，从书店里买，从网店上买，那些书从四面八方铺天盖地而来，我将它们一一带进我的"书房"，和我共度一个中午或是临睡前的时光。

我现在再也找不到那样阴暗、潮湿、逼仄、简陋的厕所，可我总是带一本书坐在马桶上看，侧耳倾听，希望有滴答滴答的漏水声，可惜早已寻觅不到。而原本那种踏踏实实的安全感，更是变得畏首畏尾、东躲西藏，生怕有熟人路过窥视到。我坐在马桶盖上抱着一本书发呆，一动不动，像一具木乃伊。

2014 年第 5 期

天是怎样黑下来的

张 战

我读书早，上高一时才十三岁。那时，我梳一对垂肩短辫，整天睁着眼睛做梦。我的高中语文老师是一位六十岁的老先生，满头白发向后梳得整整齐齐，清瘦，一生气嘴唇就会颤抖。他曾是一位名记者，后来被打成"右派"，平反后就到我们中学来教书。他允许我上语文课时看小说，或者逃课去新华书店，但对我写的作文很严厉，从没给过高分，每一篇都有很多批语，几乎全是批评。比如我写"夜幕降临了"，我们那时候写夜晚到来都是这么写，而且觉得这真是"好词好句"。他批道："滥语，不动脑筋。为什么你不老老实实看一看天到底是怎样黑下来的，然后把它写出来？"有一次，作文题是《记一件有意义的事》，我写星期天去看望一个孤老婆婆，帮她搞卫生。我写道:"我买了一些水果,顶着炎炎烈日去看望罗挨驰。"老师批道:"什么水果?为什么不把名字写出来?每一种事物都有它的尊严,说出它的名字就是尊重它。"还有一次,作文是《冬天的田野》。我恼了,因为我从没注意过冬天的田野,那不是一片萧瑟而且什么也没有吗?我看到周围的同学个个愁眉苦脸,一脸绝望。我仿佛行侠仗义的英雄,霍地一下站起来说:"我不写,我写不出。这个作文题根本就出得不好。"于是,老师的嘴唇剧烈颤抖起来,他瞪着我说:"你是瞎子吗?是聋子吗?这世界上难道没有冬天的田野吗?你出去,站到我的办公室去。"

　　我不知道是怎么走出去的。外面下着雨,很冷。我站在雨里,泪水和雨水混在一起。我不想去老师的办公室,真想这时候我就突然死了。这时,头上的雨停了,一把大大的黑布伞撑在我头上,老师站在我身后。我回过身,望着老师,哽咽着说:"我恨你!"说完就跑掉了。

　　我找了一把伞,跑到郊外的田野里,渐渐忘记了哭。我看见冬天有的田里种了油菜,浅浅的绿中带着暗蓝色,那颜色仿佛把周围的光线都吃进去了。有的田里没种油菜,也没翻耕,留在田里的稻茬有三四寸长,在雨中显出暗黄的光泽。

雨很细,落在田地里没有声音,细听又仿佛有声,是土地在缓缓地呼吸。冬天的田野很清寂,也很有生机,让人心里觉得平安。我把这种感觉写在作文里,把作文本从老师办公室的门缝里塞了进去。但我很久不肯跟老师说话。老师并不管我的态度,望着我笑,摇头感叹说:"你太敏感了。"他个子高,望着我说话和笑时总是俯着头,眼神从上往下把我罩住,很无奈,也有无限的宠爱。

一直到现在,我都很留意体会天是怎样黑下来的。不同的时间地点,不同的心境,天黑下来的方式不一样,给人的感觉也不一样。有时候,天黑得很慢,从容优雅,层次分明,像走T台的模特,不停地换装。先披一件灰蓝的纱衣,然后是灰黑色,最后是深黑色,上面缀满闪烁的钻石。有时候,天黑得生猛,像一个沉沉的黑色渔网,"哐"的一声铺天盖地落下来,天就黑了。有时候天黑得那么温柔,真像小猫的脚步,一点一点地挪到你的身边来。城市里没有真正的天黑,有也是破碎的。乡村的黑夜有狗吠,也有灯光,那是真正的天黑,不透明,厚重柔软,有天鹅绒的质地。

我的高中语文老师教我学会了观察,学会了真正用自己的眼睛去看周围的事物,学会正视自己的心灵。盯住它,不要躲闪,看,这是你的心,它就是这个样子,这是你内心真正的愿望,是你心灵最深处的梦想。你得学会慢慢地认识自己,察觉正在自己身上所发生的变化,有意识地让自己往好的方向努力。你也得学会观察和思考周围的世界——我们正处在什么样的生活中,我们将面临什么样的生活,我们将会有什么样的命运。然后,你把它们写下来,不要有任何伪饰,诚实而自由地书写,同时思考:我们应该怎样做,我们可以做些什么。

2014 年第 6 期

攀比魔咒

李若辰

攀比的疼痛

小学五年级的一天,同桌指着我脚上穿了两年的"双星"运动鞋,一脸诧异,用嘲笑的口气说:"哈哈,你怎么还穿'双星'的鞋啊!那么破,土死了!"我一下子没回过神来,低头看看自己的鞋子,再看看他脚上那双帅气的黑色耐克跑鞋,心顿时揪成了一团。我第一次知道了鞋子这种东西还有按牌子分好坏的说法,而且穿便宜牌子的鞋子会被人瞧不起。

不服输的我扬着头,一脸不屑一顾的神情,傲气地顶了那个男孩一句:"'双星'怎么了?我穿着觉得很舒服啊!"但我小小的自尊心却怪疼的。

从那天起,和父母逛商场时,我会忍不住偷偷去看那家画着大对钩的店——爸爸妈妈从来不会带我进去的店。但我什么也没有说过,也没有告诉他们,更没有要求他们给我买一双那样的鞋。因为看过标价签后,我心里清楚地知道,我家买不起那样的鞋。

那时的我,是一个和父母到处租房子住、连最便宜的芭比娃娃都买不起的"女屌丝"!而我的同桌用现在的话说,就是"高富帅"了。

我很清楚,我家和他家不一样。

上了初中,我买到了第一双名牌鞋子:一双Kappa的板鞋。

三百多元,和耐克、阿迪达斯的鞋比起来要便宜很多,但当妈妈去付款时,我还是欣喜若狂,心里有一个小小的声音在说:"瞧,我现在不穿'双星'了,没有人会指着我的鞋子嘲笑我了!"可是,我还没高兴多久,就从同学们的脚上、口中知道了,Kappa算啥啊!

升入中学,我才真的体会到了什么是攀比。

因为每天上学都要穿校服,只有鞋子学校不会统一要求,所以,唯一可以看出一个人"身价"的,就是脚上的那双鞋。

那是我们躁动敏感的青春期,每个人都在努力证明自己的价值、张扬自己的个性,所以,每个人都努力地在鞋子上

无题（三） 之六

下功夫。越是昂贵、艳丽的鞋子越高调，要是再来一个海外限量版什么的，那真是比脚下踩着风火轮还要威风。

看看就知道了，年级里那些"有名"的男孩女孩，那些让人羡慕嫉妒恨的"白富美"和"高富帅"，哪个不是穿着色彩张扬的名牌鞋子？好像根据鞋子，就可以把人分为三六九等，决定着你的圈子、你的交友层次，决定着你是"潮人"还是"土包子"。

那时，我知道家里的条件比以前改善了许多，但依然不宽裕。可我忍不住觊觎那些"显身价"的鞋子。我也想像那些姑娘小子一样，穿着一双名牌鞋招摇过市，吸引"懂行"人的目光。至少，不要显得寒酸，不要被人瞧不起。但是我也很清楚，一双那样的鞋子，最便宜的也得好几百元，动辄上千元，还有更贵更贵的。不要说爸妈会不会同意了，就是我自己想想，都感觉牙疼胃疼心肝疼，舍不得啊！

但是，我真的很想要一双，很想。

第一双名牌鞋

初二那年春节，我以即将升初三、为准备体育中考练习跑步为由，拉着妈妈走进了阿迪达斯的店铺，在琳琅满目的鞋子前面看来看去，想挑一双合适的。表面上我假装淡定，其实心里紧张极了，像一个坐在豪华西餐店里的穷光蛋一样拘谨，生怕被人识破。拿起一双看起来还比较普通的鞋子，我瞄了一眼价钱，嚯，七百多元。怕被身边的售货员鄙视，还装模作样地左看右看，再小心翼翼地放回去；再拿起一双，咳咳，八百多元，再放回去；再拿起一双，六百多元，也没便宜多少……

老妈亦步亦趋地跟着我，看了看这些鞋的价钱，坦率地跟我说："闺女，这都太贵了，不就是一双鞋嘛，至于吗？咱们去别家看看吧。"我知道妈妈说的都是实话，但我不死心，说："再看看吧。"

终于找着一双六百元以下的，我舒了一口气，好像看见了一线希望。热情的店员帮我拿来了尺码适合的鞋子。我试了又试，走了又走，不停地说"挺好的"，可老妈左看右看，就是不表态，过了好一会儿才对店员笑眯眯地说："我们再看看吧。"

我一听，心里就泄气了，但还是乖乖地脱下了那双鞋，依依不舍地出了店铺。我知道，五百元的价格还是很贵。妈妈舍不得，我也舍不得。可是转来转去，我总想着那双鞋，心不在焉，别的鞋子怎么也看不上。咬了咬牙，我拉着妈妈的手说："妈，我就想要那一双，虽然贵，但是我跑步穿，穿久一点，肯定不会浪费。"我看得出妈妈眼中的为难，但是妈妈叹了一口气，还是回去给我买了那双鞋——我的第一双阿迪达斯鞋。

提着鞋子，虽然有些心疼花掉的钱，但我还是开心极了。现在说来，都觉得可笑呢，穿着那双鞋子去学校，好像真的感觉到它帮我涨了身价似的，说话底气都足了，似乎一下子我就跻身学校的"潮男潮女"之列了。

走出攀比，找回真正的自己

上高中时，家里条件好起来了，我的鞋子也多了起来。

但是我很快就发现，在我所处的实验班里，那些真正优秀、有理想、有抱负的同学，并不以"牌子"为然。

学习超好、每次考年级第一名的小 R 穿着毫不张扬，也不见穿什么名牌，倒是高高束起的马尾辫让她整个人青春阳光。她是一个值得我们每个人学习甚至崇拜的人。

认真负责、很会协调关系、会照顾每个人的班长小 Y，爱穿普通且舒适的鞋子、最朴素平实的 T 恤，那个黑黑的小书包更是从小学背到现在。我们常常打趣说他"寒酸",他也从来不生气,只是咧嘴一笑、大手一挥说:"背着好好的,干吗换?书包不就是用来背书的吗?"是啊,书包就是用来背书的,鞋子就是用来走路跑步的,衣服就是用来遮体的,舒适便好,合体便是,何必把附加的七七八八看得那么重。

后来,我考上了梦寐以求的北京大学。在这个学习的好地方,同学们都是各个省区的尖子生,都有很强的学习能力。家庭条件参差不齐,却很少有人在意"牌子""价钱",更没人拿这个说事儿。大家都明白,靠爹妈的钱到处显摆,实在算不得英雄好汉。

内心越孱弱,才越需要身外的东西伪装自己的强大。真正有内涵的人,从来不需要用"攀比"这种幼稚的行为来夸大自己的实力。就像武林高手往往隐姓埋名、穿着朴素,捻叶摘花也可以一招制敌。

只恨这个道理我懂得有些晚。如果可以与十五六岁时那个青春期迷茫的自己促膝长谈,我告诉她这些,不知可以省去多少爸爸妈妈的为难,又可以减去多少焦虑与自卑?

2014 年第 7 期

我曾经是个差生

林特特

十几年前,我是一个差生。

以中考为例,数学、物理、化学加起来我才考了119分,若不是文科还凑合,高中生活什么样,我根本无缘体会。

我曾研究过我为什么差,追根溯源到小学五年级时的转学。

起初是在新学校不适应,后来我发现新班主任根本不喜欢我。在路上碰见,我向她问好,她用鼻子哼一下,那情形仿佛寄人篱下的继女讨好地喊后母"妈妈",得到的却是不耐烦。

我做错一道题是错,忘写某样作业是错,作文中出现一个新奇的比喻"雪,是老天爷挠下的头皮屑",更是错。班主任说:"教出这样的学生,我觉得丢人。"然后我被罚站。

同学们挤眉弄眼地呵呵笑，我的头愤懑兼郁闷地低着。此后，我便有些厌学。

其实，即便这样，我的成绩也不算差，只是老师塑造了我的差生形象。但这期间潜藏的厌学情绪一直持续着并在一年后爆发，那时，我已是初中生。

我的数学课本下面永远放着一本与学习无关的书，三毛、琼瑶、亦舒……随后，一张张卷子堆在抽屉里，它们上面大多写着鲜红的三十几分、四十几分，发展到高二期末，150分的数学卷子，我的得分是29分。

我总觉得，因为是差生，我对世态炎凉有更早、更深的体会。

不止一次，我和老师说话，明明是向她请教问题，她就是不回答，只是把我晾在一边；再问，她就从眼镜片的上方直直地看我，仿佛要把我的羞耻心看得破胸腔而出。

和同桌闹矛盾或是两个人都犯错，被老师碰到，更是我不堪回首的记忆。老师总会批评我，因为我是差生。唯一一次不同，是老师指着我对同桌说："没想到你和林特特一样。"她表现得很痛心，我的头缓缓地低下去。

当然，差也有差的好处。

比如，差生之间的友谊更铁、更真挚，更像是患难之交。等我升入一所三流高中，并成为一个著名差班的一员时，任课老师已不敢轻易批评班级中的任何人，因为全班会群起而攻之——我理解为，一群自卑而愤怒的年轻人集体发飙，捍卫自尊。

又比如，会更珍惜来自长者的表扬、鼓励。多年后，我躺在大学寝室翻看杨绛的《干校六记》，她写最艰难、最敏感的岁月，有人向她示好，她感动莫名。我也感动了，我想到的是高三时，我的班主任卢老师。

高二暑假补课，我被分到文科班。一日，我借某男生的数学作业抄，却又怀疑他做得不对，他讽刺我："你能看懂吗？"我被激怒，此后的两个月在家里疯狂背数学书，开学时竟超过及格线。但某男生说："肯定是抄的。"为了证明不是，我继续疯狂地背有数学这门课以来的每本书，直至班主任卢老师发现我的异样，她给我发了一张"三好学生"的奖状，这也是我求学生涯中第一次被评为"三好学生"。

卢老师说："这说明你的天分不差。来，我们分析一下，数学好了，其他科目采取什么对策。"她和颜悦色，又略带煽动性地举例，她之前的某个学生比我还差，后来如何如何。

她甚至在某个晚上突然给我打电话,问我在干吗,是不是在学习。

点灯熬油的高三一年,以超过本科线一分的结局结束,我上了一所极普通的师范院校。这对我和卢老师来说已是狂喜和极大的胜利,但循环也就此开始,只超过一分意味着,在大学里我还是个差生。

于是,循环继续,差生感也继续。

时至今日,每每在大庭广众之下被指责或批评,我总有种错觉,即瞬间被投掷到小学五年级的课堂,老师读"雪,是老天爷挠下的头皮屑",然后停顿一下,隆重批判,我站在教室中央,同学们挤眉弄眼:"头皮屑!""头皮屑!"

或者在银行、医院,我填表、办手续不太利落,询问工作人员,又得不到回应,我便有些讪讪的,脑海里又闪过老师从眼镜片的上方射出的直直的目光……

这差生感不只是在遭遇粗暴或冷漠时出现。

每次接受新的工作任务或者其他什么挑战时,我的第一反应都是"我不行"。即便一定要做,心中也会浮现出一句话:"我比他们差,所以我要加倍努力。"也许是少年时代长达六七年的差生经历,不断被人灌输"你差""你错"的概念,不知不觉已将自己的底色刷成自卑。

即便后来读研、工作，我的差生感也从未减退。

同学们大多乖孩子出身，同事们更恨不得从幼儿园到大学都是名校毕业。他们言谈中透露的习惯性自信，因优秀而从容的态度，总让我既羡慕又惭愧。我总觉得游离在所处的环境外，混迹于层次比我高很多的人群中，要小心点、谨慎点，别被人发现"老底"。

唉，如果说差生经历还有什么积极进取处，我只能说接受失败的能力略强些。事实上，因为差过，所以不怕失败，甚至当做一件事比较顺时，我反而会觉得好像不是真的。

想起一件事。去年，遭遇了一点小挫折，我回老家，不知怎么想起那张"三好学生"奖状，我问我妈，还在不在，她说，在。我突然就心安了。仿佛年少时的一些东西也还在，仿佛从"差"到"不差"、"糟糕"到"不糟糕"之间的距离，曾明确估算并最终解决过，眼前的糟糕也不算什么，最终会过去吧？这是不是差生经历使然，算不算其积极处，我还没想明白。

2014 年第 8 期

永远十七岁的高中生活

曾良君

一

我是怎么考上高中的？我已经有点记不清了，因为我数学非常差，照理来说是很难考上高中的，但最后还是过了录取分数线。

进了高中后，我的理科就全面崩溃，除了化学还能勉强苟延残喘，其余几门课就更惨了。家里人都是学理科的，所以他们信奉：学好数理化，走遍天下都不怕。在他们看来，学文科就意味着智商有问题，就意味着无法考上大学，就意味着以后去喝西北风。

我们学校比较特别，进校一学期后就分文理班，我妈本来就打算拿刀架在我脖子上，也要让我学理科的，但是我很争气在高一上学期期末考试中拿了个物理倒数第一、数学倒数第三回去,家里人心平气和地想了想,觉得我应该是智商有问题,所以我就愉快地去念文科了。

二

当时考进了最好的文科班,班主任是个以不讲道理为己任的青年妇女。只要有谁迟到、作业没做好、考试没考好,她就无休止地找人谈话,把有限的生命投入到了无限的谈话当中。我觉得给她多少朵小红花都是不过分的。

作业做不出来就睡得晚,睡得晚就起不来,起不来就要迟到,迟到了就只能站在教室外面……多么合情合理的逻辑啊……但是班主任非要问我,你为什么要迟到?

还有为什么啊!我当然是睡过头了啊!难道我刚才临时去拯救地球了吗?

但是以不讲道理为己任的人当然不接受"睡过头"这个理由,她摇摇头,用自己最经典的套路说道:"这不是理由!"

我只能骗她:"老师,我们家的微波炉坏掉了,为了热面包,我先修了微波炉才来上学。"

但是接下来她从来不会问我,你觉得是微波炉的错还是你的错啊？如果她那样问，我就能毫不犹豫地说是微波炉的错，可她永远是这么问："你觉得这是我的错还是你的错呢？"

我当然没有办法说是她的错，在我承认是自己的错后，她又问道："你为什么要犯错呢？"如此循环往复、无休无止、莫名其妙的对话，可以持续一整个早自习。有时候，她心情比较好就会把我晾在走廊上，我会东看西看消磨时光，然后和隔壁班那个被晾在走廊上的迟到者挥手打个招呼，对了，他是我的初中同学。

三

我那时候永远是睡神附体，死活睡不醒，听着听着就神游天外，尤其是在上地理课的时候，地理老师说话的声音又慢又空灵，你觉得自己听见了，但是仔细想想又好像什么都没听见。于是，我和同桌的女生百无聊赖地观察班里女生的大腿，同桌说："你看那个人的大腿好粗哦！"我说："是啊，是我的两倍呢！"她说哪有两倍那么夸张，我们可以来对比一下，然后她双手在我腿上测量宽度，量得不亦乐乎的时候，老师一声大吼，狂怒地质问道："你们两个人在干什么？给我滚出去！"

我们两个被吓得险些从椅子上弹起来，同桌豪迈地准备滚出去，我还愣在椅子上，于是她愣了一下后，又静悄悄地坐了下来。僵持了一会儿，地理老师继续用她那空灵的声音讲课，我们也静悄悄地用眼神交流……过了一会儿，同桌和我都睡着了……下课后，同桌被叫了出去，老师问她："你们上课在干吗？"同桌想了想，觉得量大腿这件事情太猥琐了，于是她说："曾良的腿抽筋了，我在帮忙按摩……"

我心想，还不如说量大腿呢……

四

10月的时候，要举办高中生涯最后一次运动会，所以，班主任觉得无论如何大家能参加的都参加。我那时是体育委员，只因为开学她想找个体育委员时，指甲恰巧移到了我的名字上。

不幸的是，800米和1500米无人问津，老师说："你是体育委员嘛，就你自己上吧。"

作为一个"运动废柴"，我表示压力很大，两者选其一，我选了800米。

秋天的气息浓起来了，阳光很好，几朵云漫不经心地游荡，风里带着落叶的味道。

男生在涂了绿漆的铁网那边打篮球，女生在铁网的这边打排球，而我就和友人一起站在铁网的边上，手指扣在稀疏的网洞中。

跑800米的时候，我下定决心随便跑跑，就算跑个八分钟也无所谓。不巧的是，站在我身旁的尽是些隔壁班的熟人，他们朝我微笑点头："第一次看你跑800米。"我就讪笑着回道："是啊是啊。"发令枪响，大家箭一般地蹿出去，我看着他们的背影变小又再度变大……被套圈后第一名很快跑完了全程，然后是第二名，第三名……

我还在跑道上尴尬地、慢吞吞地跑着，跑完的人和同班同学都跑来给我加油。体育老师也跑过来，不过他是来赶我走的："同学，你在跑道上干吗？下一组比赛开始啦！"

"哦，老师，我是上一组没跑完的……"

不知为什么加油声越来越大，最后竟是整场都在给我加油，我惊讶地望向他们，那些熟悉和不熟悉的脸庞，都在笑着给我加油。

于是，我脸一红，低头开始加速奔跑，越过终点时，大家过来给我欢呼，好像我是英雄那样，我看见前三名选手都挤在人群里说着"坚持就是胜利"之类的话。

语文老师正在分发矿泉水,然后一回头看见我:"你还说自己不能跑,我看你跑得好轻快啊!"我心里想说:"那是因为我前三圈都是走的嘛!"回家后,我就和家人兴高采烈地庆祝800米全校第四的荣耀,当然我隐去了一个不太重要的细节,那就是这比赛只有四个人参加。

五

我昏昏欲睡两节课后,就会被饿醒,小卖部永远是去得最勤的地方。那时候,有卖那种加了超多面粉的一块五一根的劣质香肠。香肠在烤箱上转啊转,很凶又很市侩的老板娘就一边刷油一边收钱。我们就挤在边上的酱料罐旁死命刷酱,老板娘就吼我们:"刷那么多,不怕咸啦!"

吃了几百根之后,我有一次撞见老板娘在捡我们丢在地上的竹签。我思考了一下,决定再也不吃了,以后都改吃巧克力泡芙。

六

我喜欢上课看闲书,只要不是数学课都看,藏在课桌下面悄悄地看，就这样我看了好多书，我们周围一圈的人还交换书看，直到有一天上体育课时，班主任悄悄来检查我们的课桌。

虽然不是我的书，但是本着讲义气的原则，我一口咬定是我自己的书，于是班主任说："你这种数学连零头都考不到的人，怎么还有心思看闲书啊？"

我还慢条斯理地回答班主任："我上数学课时没有看啊。"

于是班主任说："我不想看见你，你给我面对饮水机站着去。"我就面对饮水机站着。

班主任批完几沓作业本后，走过来问我："你觉得这是你的错，还是我的错呢？"我说："是我的错！"班主任说："那你就向饮水机道歉吧！"于是我就向饮水机鞠躬道歉了。回家之后，班主任早就给我妈打了电话，我妈把我的几百本小说都收缴了，那可是我平时省吃俭用买下来的书啊。我气得半死，我威胁我妈说："你不给我，我就跳楼！"结果根本没人理我，为了避免尴尬，我只好站在窗边说："我真的跳了啊！"还是没人理我。沉默了一会儿后，我假装什么也没有发生，跳下桌子去吃饭了。从此，这就沦为笑柄了。

我记得那时候很多人对我说："你以后就会怀念你的高

中生活的,你要好好珍惜啊。"我当时想:我有病吗,回忆这么痛苦的生活?我和友人赌咒发誓绝对不会怀念高中生活,那时我们说,高中生活有什么可怀念的呀,作业、考试、补习班。

我们恶狠狠地说,等高考考完了,我们就通宵 K 歌,早晨再去吃有名的早点,然后我们要把那些漫画、新播电视剧全部补全,想睡到几点就睡到几点,我们还说等毕业了就要支个桌子在高二的教室门口搓麻将,一边搓得稀里哗啦一边说:"哎呀,电视剧什么的真是看得再也不想看了呀。"说了几百几千遍,每一次都觉得好过瘾,可是当高考真的结束后,一切都尘埃落定后,这些赌咒发誓也失去了全部的意义和快感。

领成绩单那天,我最后一次回高中母校,结束后我们将椅子翻上桌子,和同学挥手说"再见",说着:"上了大学再联系吧!在一个城市的话总有机会见面的!"

我当时想,这些桌椅又将陪伴谁度过下一个三年呢?但我当时没想到的是,很多人直到他们大学毕业,我再也没有见过,一个城市,说大不大,说小不小。走之前,友人说:"曾良,我们在小卖部的台阶上坐会儿吧。"于是,我们并肩坐着,咬着冰激凌,天气很晴朗,夏季要来了,风一吹,蝉鸣此起彼伏。那一刻,我觉得自己好像坐在青春里。我记不清我们那天说了些什么,只记得一直笑一直笑,一点烦恼也没有,真好,高中生活结束在笑声里。如果时间是一个个节点,那么十七岁的我永远在高中时代停留着。

  回忆成了缱绻的颜色。昨天下午,我们班的学生结束了最后一场考试。我赶往教室,嘱咐一些安全事宜后,宣布他们自由了。在最近一两天内,所有这些学生都将回到家乡,度过大学时代的第一个寒假,而我也将结束我教师生涯的第一学期。

2014 年第 10 期

玩摇滚的好学生

大 鹏

我一直都是一个好学生，这一点连我爸爸妈妈都很惊讶，因为从初中开始，他们就忙着开饭店，晚上都是我一个人在家，他们也没太为我操心，但是我的学习成绩始终不差。

初中的时候，我是全班的前三名，到了高中，成绩也稳定维持在前十名左右。

我认为这很正常，因为那个时候我是学生，或者说职业就是学生，所以成绩好是敬业的唯一表现，更何况在应试教育下，想要考试成绩好，还是有很多窍门的。我可不是教你使诈，我想告诉你，只有让自己变成传统意义上成绩很好的一个"好学生"，老师和家长才会给你空间，才会让你去做自己真正感兴趣的事情。

比如我在弹琴唱歌这件事情上就没有遇到太大的阻力，如果硬要说有阻力的话，我觉得那就是：没有合适的平台展示自己。那时候，学校很少组织什么文艺活动，我有技艺在身同学们却看不到，让我很没成就感。

于是我做了一个大胆的决定：我要在集安市举办一场演唱会！

我觉得单凭自己的力量肯定无法完成这个任务，因为办演唱会涉及租赁场地、灯光音响、设计海报和门票、宣传推广以及维持现场秩序等问题，我没有办法一个人搞定，甚至连演出需要的电声乐器我都没有。

我把这个想法告诉了一位学姐，她叫钱环宇，那一年我高一，她高二。我为什么先找到她呢？因为她非常有组织能力，也非常喜欢音乐。她通过书信的方式加入了一个全国性的 Beyond 歌迷组织，定期会收到一些 Beyond 的剪报资讯，有时候她会借给我看，令我羡慕不已。

钱环宇听了我的想法很兴奋，她愿意帮我，不过前提是她要参与演出。她决定去少年宫学架子鼓，因为只有架子鼓是初学者可以短时间内学成的乐器，而且顺其自然地，我们在演出时可以从少年宫借一套架子鼓出来。她说："我马上就上高三了,再也没有这么多的业余时间了,所以我们不妨就组建一个乐队,演唱会结束以后就解散,也算给高中生涯添些亮点。"

哪有一支乐队组建的目的就是为了解散呢?有,就是我和钱环宇组建的这支。我们俩给乐队起名叫"见证乐队",也给那场演唱会起了一个名字——"告别的见证"。

见证乐队的第三位乐手是一个弹电子琴的小女孩儿,她是隔壁班的。我和钱环宇打听了很多人,才找到一个自己家有电子琴,而且会弹,关键是家长还不会反对的人。我们还缺一位贝司手,我想起了我表叔,他已经从吉林农大毕业回到集安政府工作了,但是已经很久没有弹吉他。我说:"那正好,忘了吉他吧。恭喜你,你现在是贝司手了。"

乐手凑齐了,我开始借乐器,我让我妈帮我去她以前的单位——评剧团——问问能不能外借一些电声乐器。那时候评剧团已经倒闭了,一些老员工自发组织起来,在各种婚礼和开业典礼上助兴。我妈给我介绍了一位叔叔,他领我来到一个仓库,里面果然躺着一把受伤的电吉他和一把电贝司。叔叔说评剧团买了这些电声乐器,还没有开始排练,剧团就倒闭了,他现在把它们借给我,要我好好地用。

人和乐器都齐了,我们开始排练,就在钱环宇学架子鼓的教室里,每个周末都练。大家都没有乐队演出的经验,所以一开始进度非常缓慢,但是随着每个人对自己手中乐器的熟悉,乐趣也就逐渐多了起来。几个月后,我们已经可以合奏十几首歌曲了,大部分都是 Beyond 的,我是主唱。

演唱会的海报是我组织班级里语文最好的同学一起设计的,回报就是免费得到我们的演唱会门票。门票也是我们自己画的,定价两块钱一张,买两张以上会有优惠,这是钱环宇出的主意。我们做好设计之后,去打印社打印出来。因为不舍得用彩印,所以只印了几张彩色的自己留做纪念,剩下的海报和门票都是黑白的,这也直接导致了演出当天出现很多复印的假票。

真的有很多假票,负责检票的同学到最后都放弃了。那场演出实在太火爆了。集安市本来就不大,人们口口相传,说终于出现了一支本地的摇滚乐队,而且唱完就解散,大家都想来看个热闹。原本只能坐三百人的演出场地,最后挤得水泄不通,每个人都站着。其实,观众是有板凳坐的,那一个一个的板凳都是我和钱环宇从以前的小学搬过来的。

演出场地是学校附近一个新开业的录像厅,生意一直不是很好。因为场地足够大,而且本身就有音响,所以我和钱环宇去找老板谈,希望他可以借给我们用。我们说如果演出成功了,所有的观众都会记住这里,对他的生意也有好处。老板一开始不同意,非要收钱。我们建议他在演出过程中向观众卖饮料,他就答应了。

那天晚上,我第一次站在舞台中央,唱出了自己的理想,台下的观众伸着脖子看我,就好像当年我妈唱评剧时那样。我终于明白了那是怎样的一种感受——很幸福,幸福到唱着唱着自己就起了一身鸡皮疙瘩,很想流泪。

我看到站在角落里的父母,他们事先并没有说过要来;我还看到了我的班主任,她那天格外漂亮;还有评剧团借给我吉他的叔叔,肩上扛着他的孩子,眼里分明也有泪光。最开始他们只是静静地听,到后来变成全场大合唱,一直到所有的歌都唱完了,人们还不肯离去。我们的同学、朋友、不认识的人,陆续上台唱了几首歌,我们的乐队伴奏,一片狂欢,我甚至都忘了那场"告别的见证"演唱会到底是怎么结束的了。

那场演出除去成本,我们还赚了几十块钱。几个乐手在附近下馆子,我第一次喝了酒。第二天乐队就解散了。那时候没有录像,关于那场演出的一切被我封存在一个档案袋里,里面有海报和门票的设计稿、我们的排练单、我们演出时候的照片，还有演出结束后同学们给我写的字条。我经常会翻出来看看。那是我的第一支乐队，不成熟，但是无与伦比。

2014 年第 11 期

可我不想有出息

卢十四

上学前班,每天的作业是写满一页田字格的汉字,老师会给每个人的作业打一个具体的分数,我总是拿到七八十分。我从没想过老师给一页汉字评分的标准是什么,也不知道78分和84分的差别在哪里。我不关心别的小朋友得了多少分,也不在意自己一段时间的分数是涨是跌。对于"七八十分"这个水平,我觉得已经很高了,虽然不是100分,但也占到了100分的百分之七八十。我总是兴高采烈地告诉妈妈:"今天我又拿了高分。"

妈妈兜头泼了我一盆冷水:"你才拿七十几分,高兴什么?你看看别人家的小孩!"

我愣住了,心想:我虽然得分没别人家小孩高,但也并不低啊。

作为小学时代的优等生,我没为成绩达标担心过。但我妈依然对我十分不满,因为我总是鬼使神差地拿不到 100 分。小升初的竞争那么激烈,满分 300,必须考到 290 分以上才有进省重点的把握。全班第五、第六这种名次,实在让我爸妈寝食不安。特别是我的数学考试成绩,总是 95、96、97、98……连 99.5 都考过两次,但就是考不了 100 分。

这看起来像是故意的。

但事实并非如此,起码我从未故意做错过任何一道题。另一方面,我也确实无法在考试时提起精神,集中注意力。早早做完了卷子,我就趴在桌子上发呆,决不想再检查一遍。

为这件事,我妈骂过我无数次。甚至有一次,因为我考了 96 分,我妈抄起一根长竹竿打我,将竹竿打成两截。我的同学看到之后,赶紧跑去告诉老师:"卢十四要被他妈打死了。"老师匆忙赶来制止了我妈。现在想起来,在我妈的打骂背后,是全然的束手无策:她有办法让我做习题、背课文、记单词、晚睡早起、不看电视,但她无法替我考试,无法让我提起精神去追逐 100 分。

在一次痛骂中,我妈问我:"你到底有没有自尊心?"

这个问题实在难以回答。我当然不能说自己没有自尊心，但如果我说有，那么她接下来的一个问题必定是："那么你的自尊心体现在哪里？"是啊，如果我真的有自尊心，为什么不努力考100分呢？

这个问题真的刺痛我了，我扪心自问：在考试的时候，我总是那么懒散，完全没想过"自尊"这回事。每当挨骂时，我又确确实实羞愧难当。最终我的回答是这样的："你骂我的时候，我就有自尊心。"

这个回答代表着我当时力所能及的全部反思和毫无保留的坦诚。这个回答换回的是一记大耳光，因为它听起来是那么无耻，能给出这种答案的人分明已经毫无自尊心可言。

现在想起来，当一个人沦落到被质问"有没有自尊心"的境地时，他的自尊确实已经被彻底践踏了。那一年，我屡屡冲击100分不得，反而是接连考出两个60多分。

六年级终于结束了。我收获了一双近视眼、达到肥胖标准的体重和足以考上省重点中学的291分。整个六年级只拿过三次100分。

我有个高中同学，和我关系很好，他一直稳居班级前十名。我曾一度幻想，如果我能有他那样的成绩，肯定再也不会被爸妈打骂了。大二寒假，我去找他玩，他给我看了他高中时代的日记。那日记里通篇苦闷，讲述他如何在考到全班第六名之后，被他爸妈痛骂为何总也考不进前三名。他妈骂他的方式和我妈骂我的一模一样。他是全班第六名，我是全班第十六名，可待遇并没有区别。

"我不想考100分，我不想考前三名，我不想达标，我不想让你们满意，我觉得我现在这样已经很好了，我已经对自己满意了。"不，怎么能这样说？怎么能这样想？怎么能这样做？你还有自尊心吗？在很长时间里，我为有这种想法而感到惭愧，更羞于承认。第一次听衣湿乐队的那首《放了我》，我记住了一句歌词："但是我不想有啥子出息。"

"我不想有啥子出息"，这句歌词时不时萦绕在我耳边，总是让我既羞耻又兴奋。当年妈妈问我"有没有自尊心"时，我无言以对。而如今，每当生活中出现类似的责问，我都在心中默默回答一句："没有。"

"你有自尊心吗？"

"没有。"

"你有上进心吗？"

"没有。"

"你有责任心吗？"

"没有。"

"你有担当吗？"

"没有。"

"你是男人吗？"

"不是。"

"你到底想不想有出息？"

"不想。"

这些责问是羞辱性的，一旦你因此感到羞耻，你就输了；这些责问是圈套，一旦你对这些问题加以承认，对方就会要求你给出与之相符的佐证。这就像《西游记》里的金角大王问："我叫你的名字你敢答应吗？"答应了就会被吸进宝葫芦里去。但如果你回答一声："不敢。"责问者的如意算盘就落了空："咦？你不按规矩出牌啊！"

莫名其妙，我为什么要按你的规矩出牌。那个学前班的卢十四吃了你们的"毒苹果"已经沉睡多年，我要让他苏醒过来。他手举一份不知道是70分还是80分的作业，兴高采烈，蹦蹦跳跳，没出息的样子从未改变过。

2014 年第 11 期

老愚工作室出版书目

《澄衷蒙学堂字课图说》系列

- 澄衷蒙学堂字课图说　线装珍藏版　880元
- 澄衷蒙学堂字课图说　平装普及版　110元
- 澄衷蒙学堂字课图说　精装点校版　198元

《读者》杂志经典珍藏书系（1981—2013）

- 卷首卷　笨拙的力量　精装　48元
- 诗歌卷　正直的田野　精装　49元
- 小品卷　偏见疾走　正见缓行　精装　47元
- 散文卷　青草地上落满花瓣　精装　49元
- 故事卷　灵魂的马车驶上高坡　精装　49元

流沙河文库

- 文字侦探　平装　26元
- Y语录　平装　26元
- 流沙河诗话　平装　36元
- 画火御寒　平装　32元
- 白鱼解字　手稿本　平装　60元
- 诗经现场　精装　36元
- 晚窗偷得读书灯　精装　38元
- 正体字回家　手稿本　精装　即出

时间老去　文字不死

老愚工作室